Autoren Sarah Tomley, Marcus Weeks

DK London
Projektbetreuung Lizzie Davey
Bildredaktion Fiona Macdonald, Owen Peyton Jones
Redaktion Ann Baggaley
Herstellung Luca Frassinetti, Mary Slater
Umschlaggestaltung Laura Brim, Maud Whatley, Sophia MTT
Cheflektorat Paula Regan
Redaktionsleitung Sarah Larter
Art Director Phil Ormerod
Programmmanager Liz Wheeler
Programmleitung Jonathan Metcalf

DK Delhi
Lektorat Sreshtha Bhattacharya
Redaktionsassistenz Tejaswita Payal
Bildredaktion Anjana Nair, Neha Sharma, Ankita Mukherjee, Devan Das, Namita, Roshni Kapur, Vansh Kohli, Arunesh Talapatra
Umschlaggestaltung Suhita Dharamjit, Saloni Talwar, Harish Aggarwal
Cheflektorat Pakshalika Jayaprakash
Herstellung Pankaj Sharma, Balwant Singh
DTP-Design Anita Yadav, Syed Md Farhan
Bildrecherche Deepak Negi, Surya Sankash Sarangi, Taiyaba Khatoon

Für die deutsche Ausgabe:
Programmleitung Monika Schlitzer
Redaktionsleitung Martina Glöde
Herstellungsleitung Dorothee Whittaker
Herstellungskoordination Arnika Marx
Herstellung Christine Rühmer

Titel der englischen Originalausgabe:
Children's Book of Philosophy

Übersetzung Christiane Wagler
Lektorat Dr. Tamara Al Oudat

ISBN 978-3-8310-2800-9

Druck und Bindung Hung Hing, China

Besuchen Sie uns im Internet
www.dorlingkindersley.de

DK

Das ist Philosophie

Große Denker und ihre Ideen

Inhalt

10 Ist die Welt real?

36 Was macht mich aus?

64 Denken und Fühlen

86 Wie entscheide ich, was richtig ist?

116 Warum brauchen wir Regeln?

„Die Philosophie ist keine Lehre, sondern eine Tätigkeit.“
(Ludwig Wittgenstein)

Was ist **Philosophie?**

Wann fand Philosophie ihren Anfang?

Vor Tausenden von Jahren, als die Menschen sich erstmals nach dem Sinn des Lebens und der Beschaffenheit der Welt fragten. Die frühesten Philosophen, die wir kennen, lebten in der griechischen Antike um 600 v. Chr.

Wie lehren Philosophen?

Sie beschäftigen sich mit Fragen, die die Naturwissenschaft nicht beantworten kann, wie „Warum gibt es eine Welt?“ Sie ermutigen ihre Schüler, selbst Fragen zu stellen, anstatt alles als selbstverständlich zu betrachten oder die Meinung anderer zu übernehmen.

Sind alle Philosophen alte Männer mit weißen Bärten?

Einige frühgriechische Philosophen trugen Bärte, aber nicht alle waren alt. Manche haben zeitlebens gelehrt. Viele fanden zahlreiche junge Anhänger. Heute sind Frauen und Männer jeden Alters Philosophen.

Kann ich Philosoph werden?

Wenn du neugierig auf die Welt bist und gern Fragen stellst, bist du auf dem besten Weg, Philosoph zu werden. Du musst dazu keinen Kurs besuchen oder eine Prüfung ablegen, wenn du nicht willst. Vielleicht hast du einfach nur Freude an Gedankenspielen.

Philosophie heißt „Liebe zur Weisheit". Sie ist eine Methode, **uns und unsere Welt mithilfe unzähliger Fragen zu ergründen**. Die Philosophen verbringen viel Zeit damit, nachzudenken, zu reden und zuzuhören.

Fragen! Wie steht's mit *Antworten?*

Philosophen versuchen auf unterschiedlichste Weise, knifflige Problemstellungen anzugehen. Manchmal finden sie eine Antwort, doch häufig sind philosophische Fragen nicht lösbar. Wichtig ist, weiter nach der Wahrheit zu suchen.

Warum sich mit Philosophie befassen?

Sie kann uns helfen, klarer zu denken und selbstbewusst zu argumentieren. Sie kann uns sogar bei Entscheidungen über unseren Lebensweg unterstützen.

Ist Philosophie nicht ein bisschen abgedreht?

Philosophische Fragen klingen tatsächlich ein bisschen verrückt, wie „Bin ich real?" oder „Existiert Farbe nur im Kopf?" Aber solche Fragen zeigen, dass die Philosophie ergründen will, was wirklich in der Welt und in uns vorgeht.

Soll ich mit Freunden philosophieren?

Philosophieren lässt es sich am besten gemeinsam. Es kann großen Spaß machen, Ideen und Gedanken mit Freunden auszutauschen. Vermutlich sehen sie vieles ganz anders als du. Und das ist die beste Voraussetzung für spannende Diskussionen.

Einige der ersten Fragen, die Philosophen sich stellten, drehten sich um die Welt. Woher kommt sie? **Sind die Dinge in ihr real oder nur Gedanken in unseren Köpfen?**

Woraus *besteht* *die* Welt?

Die alten Griechen dachten als Erste ernsthaft darüber nach, wie und warum die Welt entstanden ist, und woher alle Lebewesen und Gegenstände in ihr kommen. Einige ihrer Ideen sind leicht verständlich, etwa dass die Welt sich aus Wasser, Luft oder Schlamm herausbildete. Andere sind so kompliziert, dass sich die Philosophen heute noch über deren genaue Deutung streiten.

Wasser

Thales (um 625–547 v. Chr.) nahm an, Wasser sei der einzige Ursprung der Welt. Er sah, wie es zu Dampf und Eis wurde, und glaubte, dieser Wandel erkläre, wie sich die Dinge in der Welt ändern. Thales war sogar der Überzeugung, unser Planet ruhe auf Wasser. Eine Anekdote berichtet, Thales sei so beschäftigt gewesen, über den Himmel nachzudenken, dass er nicht aufpasste, wo er hinlief, und in einen Brunnen stürzte.

Luft

Anaximenes aus Milet (um 585 bis um 526 v. Chr.) vertrat die Auffassung, unsere Welt sei aus dünner Luft entstanden. Ursprünglich war sie das einzige Element, das sich allmählich verdichtete und alle Dinge hervorbrachte. Zuerst den Wind, dann wurde die Luft zu Wolken, schließlich verfestigte sie sich und wurde zu Wasser, Erde, Stein und allem anderen.

Anaximenes bei der Arbeit

Schlamm und Nebel

Anaximander aus Milet (um 610 bis um 546 v. Chr.) ging wie Thales davon aus, dass sich alles in der Welt aus einem Stoff entwickelt habe. Er beschrieb nicht genau, worum es sich bei dieser geheimnisvollen Grundsubstanz handelt, aber sagte, sie sei grenzenlos (*apeiron*, das Unbegrenzte) und erzeuge die vier Elemente Erde, Wasser, Luft und Feuer. Für Anaximander war es nicht Wasser, sondern Schlamm und Nebel, die zurückblieben, als Wasser auf der neu entstandenen Erde in der Sonnenwärme verdampfte.

Ständiger Wandel

Für Heraklit (um 550–480 v. Chr.) bestand das Problem, die Welt zu verstehen, in ihrem permanenten Wandel. Bekanntlich sagte er, man könne nicht zweimal in denselben Fluss steigen. Damit meinte er, dass der Fluss ständig in Bewegung ist. Wenn wir ein zweites Mal hineinsteigen, und sei es eine Sekunde später, ist das Wasser ein anderes. Heraklit glaubte, dass alles Existierende einer Weltordnung folge. Obwohl wir sie nicht wahrnehmen können, bestimmt sie unser Leben.

Parmenides

Das unveränderbare „Eine“

Laut Parmenides (um 515 bis um 445 v. Chr.) ist alles in der Welt eine unzerstörbare Einheit. Dieses „Eine“, wie er es nannte, ist unteilbar und verändert sich nicht. Natürlich sehen wir, wie die Welt sich wandelt, aber für Parmenides ist das nur eine Sinnestäuschung. Seine Ideen waren unter Philosophen sehr umstritten, besonders seine These, dass es keine absolute Leere gibt.

Vier Elemente

Viele frühgriechische Philosophen waren der Ansicht, alles bestehe aus den vier Elementen Erde, Wasser, Luft und Feuer. Auch Empedokles aus Akragas (um 483 bis zwischen 430 und 420 v. Chr.) unterstützte diese These. Zuerst spuckte das Feuer formlose Klumpen aus. Dann verwandelten sich diese Klumpen durch vielfältige Durchmischung der Elemente in alles, was wir kennen, wie Steine, Pflanzen, Tiere und Menschen. Empedokles vermutete, die Elemente würden von zwei Urkräften gelenkt: Liebe und Streit.

Winzige Bauteile

Wie viele frühgriechische Philosophen glaubten Leukipp (5. Jh. v. Chr.) und sein Schüler Demokrit (um 460 bis nach 380 v. Chr.), die Welt könne nur aus einem Urstoff bestehen. Ihrer Ansicht nach war das der kleinste aller Bausteine, der sich nicht mehr zerteilen ließ. Leukipp nannte ihn Atom und erklärte, alle Dinge bestünden aus Atomen, die in verschiedenen Formationen miteinander verbunden seien.

Das gewisse Extra

Aristoteles (384–322 v. Chr.) wollte wissen, wie Lebewesen entstanden sind, welchen Zweck sie erfüllen und warum sie sich von Gegenständen unterscheiden. Er dachte, alle Lebewesen hätten etwas Unergründliches im Inneren, das sich vom Körper unterscheidet, und bezeichnete es als „Seele“. Heutzutage nennen es viele Leute „Geist“, und der gibt Rätsel auf. Noch immer wird Aristoteles' Idee diskutiert. Ist der Geist Teil des Körpers? Oder existiert er unabhängig von ihm?

Warum gibt es eher **etwas** *als* **nichts?**

Nachdem sie darüber nachgedacht hatten, woraus die Welt besteht, fragten sich die frühgriechischen Philosophen, warum es überhaupt eine Welt gibt. Warum gibt es eher etwas als nichts? Ist es möglich, **dass etwas schon immer dagewesen ist?** Wir sind so daran gewöhnt, an Anfang und Ende zu denken, dass wir uns das kaum vorstellen können. Doch wie hätte sich das Universum aus dem Nichts herausbilden können?

Parmenides

Es muss etwas geben

Parmenides glaubte nicht, dass Dinge einfach so entstehen können. Ihm zufolge ist es ausgeschlossen, dass „das Nichtseiende" ist, also existiert. Von nichts kommt nichts. Er meinte außerdem, dass es zwecklos sei, an Nichtseiendes zu denken, weil wir uns das Nichts nicht vorstellen könnten. Wenn es aber keine absolute Leere gibt, dann muss etwas existieren.

Unglaublich schnell

Auch Aristoteles hielt absolute Leere für unmöglich und untermauerte seine These mit wissenschaftlichen Beweisen. Er sagte, dass die Geschwindigkeit, mit der sich etwas durch ein Medium wie Wasser bewegt, von dessen Dichte abhänge. Aber Leere hat keine Dichte und daher wäre die Geschwindigkeit in ihr unendlich!

An Land bist du schneller als im Wasser, dessen Dichte höher ist.

Was kam zuerst?

Wenn wir fragen: „Warum gibt es das?“, meinen wir damit normalerweise: „Woher kommt es?“ Wenn man dich z. B. fragt, warum du auf der Welt bist, antwortest du vielleicht, weil deine Eltern dich gezeugt haben. Die wiederum wurden von deinen Großeltern gezeugt usw. Aristoteles nahm an, es müsse einen Ursprung der Menschheit und des Universums geben, der aus sich selbst heraus bestehe. Er glaubte, diese „Erste Ursache“ sei Gott.

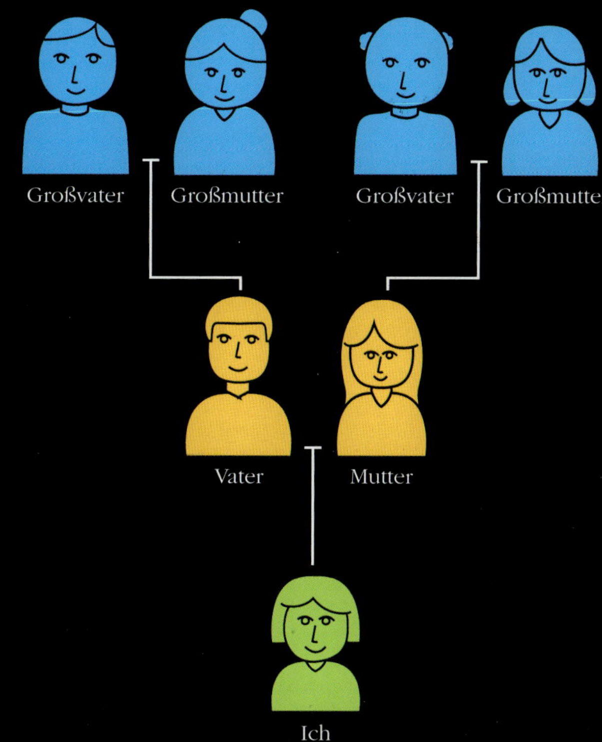

Wenn du deinen Familienstammbaum von dir angefangen zurückverfolgst, dann findest du schließlich deine ersten Vorfahren. Aber wer schuf sie?

Geschichte des Universums

Forscher behaupten, das Universum und alles darinnen habe mit einem großen Knall, also einer mächtigen Explosion, begonnen. Das würde bedeuten, die Erde ist nicht aus dem Nichts entstanden, sondern als Folge eines Urknalls. Aber wodurch wurde der ausgelöst? Naturwissenschaftler und Philosophen halten den Zustand absoluter Leere für unmöglich. Vielleicht gab es also vor dem großen Knall kleine Schwingungen? Doch was führte sie herbei?

Unser Universum soll sich vor 14 Milliarden Jahren herausgebildet haben. Aber wodurch?

Jenseits der Physik

Die Philosophie fasst Fragen über das Sein unter dem Begriff „Metaphysik“ zusammen. Das Wort bedeutet „das, was nach der Physik kommt“, denn ein frühes Werk von Aristoteles über Physik zog Diskussionen über das Sein nach sich. Heute verstehen wir darunter alles, was jenseits der Physik liegt und nicht durch sie beantwortet werden kann. Metaphysische Fragen sind: „Warum gibt es eher etwas als nichts?“, oder: „Gibt es einen Gott?“

Was ist absolute Leere?

Seit Tausenden von Jahren streiten Philosophen über Sein und Nichtsein. Ist es möglich, dass gar nichts existiert? Teil des Problems ist, **dass wir uns „das Nichts“ nicht vorstellen können**. Gibt es so etwas überhaupt? Wie können wir uns absolute Leere ausmalen oder sie beschreiben? Der amerikanische Philosoph Robert Nozick fordert uns auf, folgendes Gedankenexperiment zu versuchen.

Nozick sagte, wenn es das Nichts gebe, müsse etwas existieren, das Gegenstände oder Lebewesen in dieses Nichts hineinsauge und dort festhalte. Man muss sich das wie eine mächtige Saugkraft vorstellen, die alles in sich verschlingt, bis es nichts mehr außer ihr selbst gibt. Um den Zustand absoluter Leere zu erreichen, muss die Saugkraft nun sich selbst zerstören. Aber wenn das Nichts im Nichts verschwindet, bleibt das Etwas zurück.

Wenn wir fragen, warum es eher etwas als nichts gibt, klingt das, als ob wir glauben, dass „nichts“ der natürliche Zustand der Dinge ist und „etwas“ die Weiterentwicklung davon. Aber vielleicht ist es genau umgekehrt. Und wenn das so ist, müssen wir uns nicht mehr fragen, warum es etwas gibt, weil Sein selbstverständlicher ist als Nichtsein.

Würde ein Schwarzes Loch, das alles aufsaugt, bis nichts mehr übrig ist, auch sich selbst aufsaugen?

Vorstellung absoluter Leere

Henri Bergson

Der französische Philosoph Henri Bergson glaubte nicht an die Existenz des Nichts. Selbst im All nimmt ein Astronaut etwas wahr, und sei es nur Dunkelheit. Bergson behauptete, wenn wir auf einen leeren Raum stießen, so wäre er in etwas enthalten und hätte durch seine Umrandung eine Form. Folglich ist der Raum etwas und nicht nichts. Und daher gibt es kein Nichts.

Henri Bergson (1859–1941)

Es gibt immer etwas

Bergson argumentierte, dass die Menschen mit nichts anfangen und sich dann das suchen, was sie brauchen, also Nahrung, eine Bleibe usw. Wir machen den Fehler uns vorzustellen, dass auch die Welt so funktioniert und am Nullpunkt beginnt. Doch die Welt „denkt“ nicht wie wir – es gibt immer etwas und niemals nichts.

Denk mal darüber nach!

Was bedeutet „nichts"?

Einigen Philosophen zufolge meinen wir mit dem Wort „nichts" nicht die Abwesenheit von allem. Wir meinen „etwas", das aber anders ist als das, wonach wir gesucht haben. Wenn wir also sagen, „Lena ist nicht groß", heißt das nicht, dass sie keine Körpergröße hat. Es bedeutet, dass sie etwas anderes als groß, nämlich klein oder durchschnittlich groß ist. Ebenso wäre es falsch sich unter dem Wort „nichts" absolute Leere vorzustellen.

„Etwas" ist wahrscheinlicher

Die Wahrscheinlichkeit trifft eine Aussage über die Möglichkeit, dass ein Ereignis eintritt. Ein Kind geht beispielsweise an fünf Tagen in der Woche in die Schule und an zwei Tagen nicht. Wenn man zufällig einen Tag im Kalender auswählt, trifft man wahrscheinlich eher einen Schultag als einen freien Tag.

Ähnlich sagt Nozick, es ist wahrscheinlicher, dass etwas existiert als dass nichts existiert. Denn es gibt viele vorstellbare Welten des Seins, aber nur eine vorstellbare Welt des Nichtseins. Er verglich das mit einem großen Sack, in dem viele rote Bälle (die Seins-Welten) und nur ein weißer Ball (die Nichtseins-Welt) sind. Ist es nicht viel wahrscheinlicher, dass man einen roten Ball herauszieht, wenn man in den Sack greift?

Biografie

um 470 v. Chr. In Athen geboren als Sohn eines Steinmetzes, dessen Handwerk er erlernt.

um 445 v. Chr. In das Heer Athens einberufen.

um 435 v. Chr. Heiratet Xanthippe, mit der er drei Söhne zeugt.

um 424 v. Chr. Nimmt an einer Schlacht gegen Sparta in Delion teil.

um 423 v. Chr. Als Figur in der Komödie *Die Wolken* des Athener Dramatikers Aristophanes porträtiert.

um 407 v. Chr. Begegnet dem Philosophen Platon, der später Sokrates' Ideen in eigenen Werken verarbeitet.

399 v. Chr. Der Gotteslästerung und Verführung der Jugend Athens angeklagt. Für schuldig befunden und zum Tod verurteilt. Hingerichtet durch den Schierlingsbecher (mit Gift).

Lieblingsschüler

Von all seinen Schülern hatte Sokrates einen verwöhnten jungen Aristokraten namens Alkibiades am liebsten. Es heißt, Sokrates habe dessen Leben in einer Schlacht gerettet, als beide im Heer Athens gegen Sparta kämpften. Sie blieben zeitlebens Freunde, obwohl sie sehr unterschiedliche Wege einschlugen. Alkibiades wurde ein mächtiger Politiker und hielt sich wohl nicht an Sokrates' Ideal, die Tugend über Reichtum und Ruhm zu stellen.

Sokrates

„Ich kann niemanden etwas lehren. Ich kann nur zum Denken anregen.“

Der Grieche Sokrates wurde um 470 v. Chr. geboren und lebte in Athen während der kulturellen Blütezeit des Stadtstaates. Er hob sich unter den anderen großen Denkern seiner Zeit hervor durch seine neue Art, Fragen zu stellen. Das wurde als Sokratische Methode bekannt. Sokrates beeinflusste die Philosophie nachhaltig, obwohl er keine Schriften hinterließ. Wir kennen ihn nur durch die Werke anderer, wie die Platons.

Das Bild aus dem 19. Jh. zeigt Sokrates und seinen Schüler Alkibiades im Gespräch mit Aspasia, eine der berühmtesten Frauen Athens.

Der weiseste Mensch

Sokrates galt als weise, doch er sagte über sich, er sei einfach klug genug, um zu wissen, dass er nichts wisse. Er gab seine Arbeit als Steinmetz auf und lehrte Philosophie. Für seinen Unterricht auf den Straßen rund um den Markt nahm er kein Geld. Er soll schmutzige Kleidung und keine Schuhe getragen haben. Doch er war ein gefragter Lehrer.

Woher wissen wir, was Liebe ist?

Was ist wahr?

Die Philosophen stimmen Sokrates zu, dass wir zum wahren Kern der Dinge vorstoßen müssen. Wir sollten nicht alles akzeptieren, was andere uns sagen. Ebenso wenig sollten wir das, was wir denken und sagen, für absolut wahr halten. Verstehen wir wirklich, worüber wir reden, wenn wir von Liebe oder Wut sprechen? Sokrates glaubte, am besten nähere man sich der Wahrheit durch viele Fragen.

Wie sollten wir leben?

Sokrates' große Frage war: „Wodurch wird das Leben gut?" Die meisten seiner Zeitgenossen hätten sich für Ruhm, Geld und Macht entschieden, doch ihm bedeutete all das nichts. Sokrates zufolge sollten wir allen Besitz aufgeben und nach Wahrheit streben. Wir müssen herausfinden, was „gut" wirklich bedeutet, und richtig handeln. Sokrates glaubte, die Menschen begingen nicht absichtlich ein Unrecht, sondern weil sie es nicht besser wüssten.

Für Sokrates war ein wichtiger Teil des tugendsamen Lebens, andere glücklich zu machen.

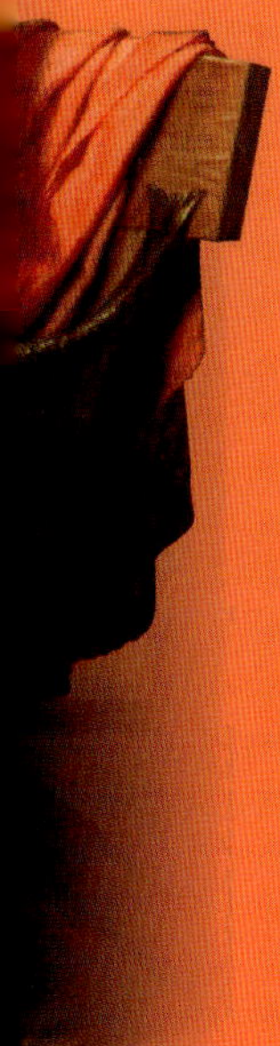

Seine Schüler weinen, als Sokrates den Schierlingsbecher trinkt.

Sokrates' Tod

399 v. Chr. wurde Sokrates beschuldigt, die Götter Athens zu missachten und die Jugend aufzuhetzen. Anstatt zu fliehen, entschied er sich dafür, sich selbst zu verteidigen. Das Gericht befand ihn für schuldig und verurteilte ihn zu Exil oder Tod. Sokrates wählte den Tod und nach 30 Tagen wurde er hingerichtet, indem man ihm giftigen Schierling zu trinken gab. Es heißt, er habe den Becher heiter geleert und gesagt, er würde nun entweder traumlos schlafen oder interessante Gespräche in der Unterwelt führen.

Eine Stunde mit Sokrates

Stell dir vor, du sitzt an einer Straßenecke im alten Athen und sprichst mit Sokrates. Er stellt dir eine Frage, deren Antwort du mit Sicherheit zu wissen glaubst. Doch dann stellt er eine zweite Frage und dann noch eine. Allmählich kommen dir Zweifel, ob deine erste Antwort richtig war. So brachte Sokrates den Menschen das Denken bei. Ein einfaches Beispiel dieser Methode wird im Folgenden gezeigt.

Glaubst du, dass Götter alles wissen?

Ja, es sind doch Götter.

Streiten die Götter untereinander?

Ja, natürlich, die ganze Zeit.

Streiten sie darüber, was richtig und falsch ist?

Vermutlich.

Also kann sich ein Gott irren?

Wahrscheinlich schon.

Das beweist, dass Götter nicht alles wissen!

Gibt es einen **Gott?**

Die alten Religionen gingen davon aus, dass es einen Gott oder mehrere Götter gibt. Den meisten Menschen kam nicht den Sinn, **die Existenz Gottes** zu hinterfragen oder beweisen zu wollen. Doch genau solche Fragen stellt die Philosophie. Gibt es gute Gründe für die Annahme, dass es Gott oder ein höheres Wesen gibt? Wie können wir dessen Existenz nachweisen?

Wer schuf den Schöpfer?

Aristoteles (384–322 v. Chr.) sagte, das Universum müsse von etwas geschaffen oder verursacht worden sein. Wenn wir uns umschauen, sehen wir, dass alles eine Ursache hat. So existiert ein Bild nur, weil jemand es gemalt hat. Daher muss jemand oder etwas die Welt geschaffen haben – und dieses Wesen nennt man oft Gott. Aber wer hat Gott gemacht? Aristoteles nahm an, Gott sei das Eine, das aus sich selbst heraus entstanden ist.

Zeus war der oberste olympische Gott in der griechischen Mythologie.

Der Höchste

Die Vorstellung, Gott sei das höchste Wesen, das nicht übertroffen werden könne, stammt von dem italienischen Philosophen Anselm von Canterbury (1033–1109). Er argumentierte, damit etwas „das Vollkommenste" sei, müsse es tatsächlich existieren. Ein eingebildeter Kuchen etwa schmeckt nicht so gut wie ein wirklicher. Wenn daher Gott das Höchste ist, muss es ihn geben.

Weltengestalter

Vielleicht müssen wir uns nur umschauen, um zu erkennen, dass es einen Gott gibt. Alles auf der Erde ist so erstaunlich und durchdacht. Muscheln z. B. haben eine wunderschöne Form und unsere Körper sind hochkomplex. Der italienische Philosoph Thomas von Aquin sagte, ein Blick auf unsere Welt beweise, dass nur ein äußerst intelligentes Wesen, nämlich Gott, alles Irdische geschaffen haben könne. Wie könnte die Schönheit der Natur nicht von einer höheren Intelligenz erdacht worden sein?

Federn

Muschel

Blatt

Ist Gott noch am Werk?

Wenn es einen Gott gibt, der die Welt schuf, bedeutet das dann, dass er immer noch etwas an ihr ändert? Die Deisten sind eine Gruppe Philosophen, die glauben, dass es einen Gott gibt, aber dass er nicht mehr in unsere Welt eingreift. Sie gehen davon aus, dass Gott die Naturgesetze aufgestellt hat, doch nun den Dingen ihren Lauf lässt. Obwohl Gott vielleicht die Gebete eines Menschen hört, wird er die Geschehnisse auf Erden nicht beeinflussen.

Auf Gott setzen

Entweder existiert Gott oder nicht. Der französische Denker Blaise Pascal (1623–1662) argumentierte, wenn wir Gottes Existenz nicht beweisen könnten, sei es besser, an ihn zu glauben. Denn dann kommen wir nach dem Tod in den Himmel. Wenn es keinen Gott gibt, schadet es nicht. Wenn es aber einen gibt und wir nicht an ihn glauben, dann haben wir viel zu erklären, wenn wir im Jenseits unserem Schöpfer gegenübertreten.

Laut Pascal ist es besser, an die Existenz eines höheren Wesens zu glauben.

Thomas von Aquin

Der Dominikaner Thomas von Aquin war einer der wichtigsten Philosophen seiner Zeit. Er schrieb viel über Gott – vor allem über dessen Wesen und dass er weder Anfang noch Ende hat. Zudem untersuchte er, wie wir die Handlung anderer in „gut“ und „böse“ einteilen.

Thomas von Aquin

um 1225 In einer Burg bei Aquino als Sohn eines Grafengeschlechts geboren.

um 1230 Besucht eine Klosterschule und wird gegen den Wunsch seiner Familie Mönch.

1243 Sein Bruder entführt ihn aus dem Kloster und bringt ihn auf Geheiß der Mutter nach Hause. Dort wird er festgehalten, bis die Familie dann doch in seine Rückkehr ins Kloster einwilligt.

1244–1274 Studiert in Neapel, Paris und Köln, lehrt danach in Frankreich und Italien. Wird ein bekannter Gelehrter und Philosoph.

1274 Hat ein mystisches Erlebnis und will nichts mehr schreiben, weil ihm alles bisher Verfasste „wie Streu“ erscheint. Stirbt drei Monate später auf der Reise zum Konzil von Lyon. Wird 49 Jahre nach seinem Tod heiliggesprochen.

Platon

„Die musische Bildung muss in der Liebe zum Schönen enden."

Platon ist einer der **wichtigsten Denker des Abendlands**. Er war einer der ersten Philosophen, die über wichtige Fragen wie „Was ist Schönheit?" nachdachten. Auch nach über 2000 Jahren diskutieren heutige Philosophen über viele Ideen Platons.

„Der Breite"

Platon hieß eigentlich Aristokles. Den Beinamen Platon, „der Breite", erhielt er wegen seines stämmigen Körperbaus. Er war umfassend gebildet und wurde erst Soldat, dann Politiker. Nachdem sein Lehrer Sokrates aufgrund seiner Überzeugungen hingerichtet wurde, verließ Platon Athen und bereiste die Welt. Nach seiner Rückkehr eröffnete er Europas erste Universität, die Akademie.

Dieses römische Mosaik zeigt Platon mit Schülern in der Akademie.

Biografie

um 427 v.Chr. Wird in Athen in eine reiche Familie geboren.

um 420 v.Chr. Begegnet Sokrates, der ihn am meisten prägt.

um 418 v.Chr. Studiert Musik, Dichtkunst und Philosophie.

409–404 v.Chr. Kämpft im Heer Athens im Peloponnesischen Krieg gegen Sparta.

399 v.Chr. Verlässt nach der Hinrichtung Sokrates' Griechenland. Geht zwölf Jahre auf Reisen. Befasst sich dabei mit Geometrie, Astronomie, Religion und Philosophie.

387 v.Chr. Kehrt nach Athen zurück. Gründet die Akademie, Europas erste Universität. Beginnt dort seine berühmten „Dialoge" zu schreiben.

367 v.Chr. Wird zum Ratgeber Dionysios II., des Herrschers von Syrakus.

365 v.Chr. Kehrt nach Athen zurück. Lehrt an der Akademie und begegnet seinem berühmtesten Schüler, Aristoteles.

361 v.Chr. Arbeitet wieder als Ratgeber des Dionysios. Kehrt bald an die Akademie zurück, um zu lehren und zu schreiben.

um 347 v.Chr. Stirbt in Athen.

Berühmte Werke

Platon verfasste zahlreiche, „Dialoge" genannte Gespräche, die sehr berühmt wurden. In vielen von ihnen tritt eine Figur namens Sokrates auf. Vermutlich basierte sie auf dem echten Sokrates, der Platon sehr prägte. Auch Platon beeinflusste viele Philosophen, wie seinen Schüler Aristoteles.

Die Welt erkunden

Platon besuchte Ägypten und Italien und kam mit vielen neuen Ideen in Berührung. Er hatte gelernt, dass alles sich fortwährend wandelt. Aber in Italien begegnete er den Anhängern des großen Mathematikers Pythagoras und erfuhr, dass Zahlen eine Ausnahme und unveränderbar sind. Das veranlasste ihn zu der Überlegung, ob andere Dinge sich nicht auch ändern.

Platon stieß in Ägypten auf solch eine Wasseruhr und entwickelte die Idee zu Hause weiter.

Erkenntnisfähigkeit

Platon glaubte wie viele der frühgriechischen Philosophen, dass wir uns Wissen nur durch logisches Denken aneignen können. Er belegt dies mit einer Anekdote über Sokrates, der ein mathematisches Problem mit einem Sklaven ohne Schulbildung erörterte. Mithilfe von Zeichnungen, die Sokrates in den Sand malte, konnte der Sklave die Aufgabe lösen, obwohl ihm Sokrates die Antwort nicht verraten hatte. Platon zufolge beweist diese Geschichte, dass uns ein logisches Denkvermögen angeboren ist, was der Schlüssel zum Erwerb von Wissen ist.

Mithilfe von Sokrates' Zeichnungen löste ein Sklave selbstständig ein mathematisches Problem.

Der perfekte Staat

Platon zufolge lebt es sich am besten in einer Gemeinschaft, in der Menschen mit verschiedenen Fähigkeiten sich ergänzen können. Zu ihrem Schutz gibt es Soldaten oder Wächter. Weise Herrscher schlichten Streitigkeiten, treffen die richtigen Entscheidungen und geben Gesetze. Diese Herrscher sollte man von Kindheit an in Philosophie unterrichten, damit aus ihnen fähige Denker werden.

Woher wissen *wir*, was existiert?

Wenn jemand fragt: „Was existiert?“, zeigst du wahrscheinlich auf deine Umgebung und sagst: „Alles!“ Fragt man dich, woher du das weißt, antwortest du vielleicht, weil du es sehen, hören, berühren, riechen oder schmecken kannst. Doch die Philosophen glauben, dass es nicht so einfach ist. **Unsere Sinne können sich täuschen**. Können wir je wissen, was real ist?

Laut Platon ist alles Abbild einer idealen Urform, wie Statuen Abbilder von Menschen sind.

Perfekte Formen

Der frühgriechische Philosoph Platon sagte, es gebe zwei Arten von Wirklichkeit. Eine ist unsere Welt mit allem, was wir wahrnehmen können. Die andere ist eine Welt voller perfekter Urformen, die er *idéa* nannte. Ihm zufolge gibt es in unserer Welt nur unvollkommene Abbilder dieser Urformen. So ist ein Hund, den wir sehen, ein mangelhaftes Abbild einer Hunde-Urform. Platon nahm an, dass wir eine Vorstellung der Urform im Kopf haben und so das Abbild erkennen, wenn wir ihm begegnen.

Schattenwelt

Mit dem Höhlengleichnis erklärte Platon die Ideenlehre. Stell dir eine Gruppe Menschen vor, die seit ihrer Geburt in einer Höhle gefangen sind. Sie sind so gefesselt, dass sie nur die Wand vor sich sehen und den Kopf nicht drehen können. Hinter ihnen am Höhlenausgang brennt ein Feuer, das Schatten auf die Wand wirft. Manchmal bewegen sich Menschen zwischen Feuer und Höhle und halten Puppen hoch, die als Schatten an der Höhlenwand erscheinen. Da es das Einzige ist, was die Gefangenen sehen können, halten sie die Schatten für real. Platon verglich uns mit diesen Gefangenen. Wir halten die erfassbare Welt für real, doch sie ist nur ein Schatten der Urformenwelt.

Informationen sammeln

Viele spätere Philosophen lehnten Platons Ideenlehre ab. Sie glaubten nicht, dass wir eine Urform brauchen, um unsere Welt zu erkennen, sondern behaupteten, das nötige Wissen sei in unserem Kopf. So erfassen unsere Sinne Farbe, Form, Beschaffenheit und Geschmack eines Apfels. Diese Informationen werden in unserem Gehirn gesammelt und geordnet. Beim Anblick des Obstes denken wir sofort „Apfel“, weil das der Name ist, den wir dafür gelernt haben.

Nur eine Vorstellung?

Wenn wir etwas wahrnehmen, stellen wir uns vor, was es sein könnte. Fühlen wir etwas Flauschiges und sehen etwas Braunes mit langen Ohren, denken wir „Hase“. „Hase“ ist ein Wort und eine Vorstellung. Doch wenn „Hase“ nur als Idee im Kopf existiert, was weißt du dann? Du weißt, dass du eine Vorstellung hast, aber existiert der Hase wirklich? Und wenn keiner da ist, um die Vorstellung zu haben, gibt es den Hasen dann trotzdem?

Sitzt der Hase im Gras, weil unser Geist uns das sagt? Wenn es die Vorstellung „Hase“ nicht gäbe, gäbe es dann auch keinen Hasen?

Nur Vorstellungen sind real

Von Tischen und Tricks

Die Theorie, nur die Ideen in unseren Köpfen seien real, ist als „Idealismus“ bekannt. Die Frage, woher du weißt, dass ein Tisch vor dir steht, ist seltsam. Deine Sinne liefern dir Informationen: Er ist hart, aus Holz, hat Beine. Doch um den Gegenstand als „Tisch“ zu identifizieren, musst du den Verstand benutzen. Wenn der Gegenstand sich nun aber von allein bewegt? Änderst du dann deine Vorstellung davon, um was es sich handelt? Ein Magier nutzt für seine Tricks unsere Vorstellung von der Realität aus. Er sagt: „Schaut her! Nichts ist, was es zu sein scheint!“

Magier täuschen unsere Sinne, weil sie wissen, was wir unter normalen Umständen zu sehen erwarten.

Jenseits der Sinne

Vielleicht gibt es, wie der Philosoph Immanuel Kant annahm, auch außerhalb unseres Geistes reale Objekte. Aber leider können wir nicht wissen, welche das sind. Denn all unser Wissen über die Dinge beruht auf unseren Sinneserfahrungen. Wenn wir aber nun zehn anstelle von fünf Sinnen hätten? Wie würden wir die Welt dann wahrnehmen?

Aristoteles

„Die Wurzeln der Bildung sind bitter, die Früchte aber sind süß."

Aristoteles ist wohl der **wichtigste Philosoph aller Zeiten.** Sein Werk hat die Welt verändert und ist bis heute aktuell. Er war ein großer Wissenschaftler und vielseitig gebildet, von Mathematik, Biologie, Physik und Medizin bis zu Ackerbau und Theater. Er zeigte auf, wie man durch Schlussfolgerungen Lösungen findet, und schrieb rund 200 kurze Bücher, von denen nur etwa 30 erhalten sind.

Biografie

384 v. Chr. In der griechischen Stadt Stagira als Sohn von Phaestis und Nikomachos geboren.

367 v. Chr. Auf die Athener Akademie zu Platon geschickt.

348 v. Chr. Geht nach Platons Tod auf Reisen. Begegnet und heiratet Pythias, die Tochter eines Freundes.

343–340 v. Chr. Zieht nach Makedonien als Erzieher Alexanders des Großen.

335 v. Chr. Gründet in Athen das Lyzeum.

323 v. Chr. Flieht wegen politischer Spannungen aus Athen. Zieht nach Chalkis auf der Insel Euböa.

322 v. Chr. Stirbt mit 63 Jahren an einer Magenkrankheit.

Erhaltene Schriften

Lange Zeit wurden Aristoteles' Schriften im Lyzeum aufbewahrt. Einige fielen Feuchtigkeit und Schädlingen zum Opfer. Andere wurden 100 v. Chr. wiederentdeckt und nach Rom gebracht. Hier wurden sie veröffentlicht und bewundert. Im Mittelalter fanden Aristoteles' Werke erneut großen Anklang unter Philosophen des Morgen- und Abendlands.

Schüler Platons

Aristoteles wuchs am königlichen Hof in Makedonien auf, wo sein Vater als Arzt tätig war. Mit 17 Jahren wurde er nach Athen an die Akademie von Platon geschickt, dem berühmtesten Lehrer seiner Zeit. Dort blieb Aristoteles über 20 Jahre als Schüler und Dozent. Er war so herausragend, dass man glaubte, er werde die Akademie nach Platons Tod leiten. Doch da Aristoteles und Platon sich in wichtigen philosophischen Fragen nicht einig waren, übernahm Platons Neffe diese Aufgabe.

Auf diesem Bild steigen Aristoteles (rechts) und sein Lehrer Platon die Stufen der Athener Akademie hinab. Die beiden Philosophen führen offensichtlich ein Streitgespräch.

So stellte sich ein viktorianischer Maler Aristoteles' Schule in Athen vor: Die Schüler führen lebhafte Gespräche in losen Gruppen.

Das Lyzeum des Aristoteles

Als er nach Athen zurückkehrte, gründete Aristoteles eine eigene Schule, das Lyzeum. Morgens unterrichtete er seine Schüler, nachmittags die Öffentlichkeit. Aristoteles lehrte Geschichte, Naturwissenschaft und Philosophie. Er ging gern mit seinen Schülern spazieren, während er ihnen beibrachte zu denken, zu argumentieren und zu diskutieren.

1. **Woraus besteht etwas?**
2. **Welchem Modell folgt es?**
3. **Wie ist es entstanden?**
4. **Was ist sein Zweck?**

Die vier Ursachen

Laut Aristoteles hat alles vier Ursachen. Wir müssen uns bei jedem Gegenstand fragen: „Woraus besteht er?“, „Welchem Modell folgt er?“, „Wie ist er entstanden?“, und: „Welchem Zweck dient er?“ Die letzte Frage war Aristoteles am wichtigsten. Für ein Haus heißt das: Es besteht aus Holz, folgt dem Entwurf des Architekten, wurde von Baumeistern gebaut und dient als Familienunterkunft. Ein Haus ist also nicht nur eine Ansammlung von Material, sondern hat Modell, Erbauer und Zweck.

Wirklich real?

Aristoteles' Lehrer Platon glaubte, die Dinge unserer Welt seien nicht real, sondern Abbilder von Dingen einer idealen Welt. Sein Schüler widersprach und sagte, dass wir die Realität auf Grundlage von Erfahrung und logischem Denken erkennen. So begreifen wir, was ein Frosch ist, weil wir viele Frösche gesehen haben. Wir identifizieren ihn anhand seiner Eigenschaften, wie Größe und Körperbau.

Aristoteles behauptete, dass wir Dinge erkennen, weil wir wissen, woraus sie bestehen.

Bilden *wir uns* Farbe *nur ein?*

Wir sehen die Welt in Farbe – Himmel, Bäume, Häuser, Tiere, Kleider und Blumen. **Doch die Philosophen wissen nicht genau, was Farbe ist und woher sie kommt.** Manche bezweifeln, dass es Farbe überhaupt gibt. Ist sie Teil des Gegenstands, den wir betrachten, oder existiert sie nur in unserem Kopf? Ist eine Zitrone wirklich gelb oder erscheint sie uns bloß so?

Die moderne Wissenschaft lehrt uns, dass wir etwas umso besser verstehen, je mehr wir uns damit beschäftigen. Aber reicht es, die Fakten zu lernen, um Wissen zu erwerben? Manche Philosophen glauben, das Wichtigste sei, was wir von einem Objekt wahrnehmen. Nehmen wir an, wir wissen alles über Regenbogenfarben. Wäre das ausreichend, um die wahre Natur dieser Farben und die von ihnen hervorgerufenen Gefühle zu begreifen?

Der Philosoph Frank Jackson schlug vor, sich die Forscherin Mary vorzustellen, eine Expertin auf dem Gebiet der Farbwahrnehmung. Sie hat Hunderte Bücher gelesen und viele Experimente durchgeführt. Nun scheint sie alles über die Beschaffenheit von Farben und die Prozesse zu wissen, die im Gehirn des Menschen ablaufen, wenn er Farbe sieht. Doch seltsamerweise hat sie Farben nie selbst gesehen. Sie verbrachte ihr ganzes Leben in einem Raum, in dem alles schwarz oder weiß ist. Weiß sie daher wirklich alles über Farbe? Angenommen, sie würde ihre schwarz-weiße Umgebung verlassen und eine Welt mit den prächtigsten Farben betreten. Würde es ihr nicht den Atem verschlagen? Würde sie nicht ihren Wissensschatz um neue Erfahrungen bereichern, etwa dass Farben die Gedanken und Gefühle von Menschen stark beeinflussen können?

Wenn jemand in einer schwarz-weißen Welt lebt, kann er dann jemals alles über Farben wissen?

Woher wissen wir, dass die Zitrone gelb ist? Erzeugt unser Gehirn die Farbvorstellung?

Wenn es keine Farbe gibt

Viele wichtige Philosophen gehen davon aus, dass Geschmack, Farbe und Geruch erst im Kopf entstehen. Wenn ein Mensch etwas isst, sieht oder riecht, erlebt er also etwas, das es in Wirklichkeit nicht gibt. Wenn du beispielsweise eine Zitrone anschaust, siehst du, dass sie gelb ist. Wenn du sie nicht mehr anschaust, ist sie dann immer noch gelb? Wie lässt sich das erklären? Findet eine Reaktion zwischen Zitrone und unserem Gehirn statt, die unsere Augen eine Farbe sehen lässt, wo keine ist?

Wir müssen über die Farbe einer Zitrone nicht nachdenken. Der Anblick der Frucht löst die Vorstellung „gelb" im Gehirn aus.

Denkanstöße

John Locke behauptete, Objekte hätten zwei Arten von Eigenschaften. Die erste nannte er primäre Eigenschaften. Dazu gehören Größe und Form, die Locke zufolge dem Objekt innewohnen. Die sekundären Eigenschaften wie Farbe oder Geruch lösen eine Reaktion in unserem Gehirn aus. Wenn wir also eine Zitrone sehen, stellt sich ein Teil des Gehirns sofort „gelb" vor.

Denk mal darüber nach!

Geräuschen auf der Spur

Wenn ein Baum im Wald umfällt und keiner ist da, um es zu hören, erzeugt er dann ein Geräusch? Diese Frage beschäftigt die Philosophie seit Jahrhunderten. Zunächst einmal müssen wir das Wort „Geräusch" erklären. Wenn sich etwas bewegt, versetzt es die Luft in Schwingung und unser Ohr fängt diese Bewegung auf. Das ist leicht zu verstehen, aber reicht noch nicht aus. Wenn Schallwellen auf unsere Ohren treffen, leiten diese eine Information an das Gehirn weiter. Wir brauchen das Gehirn, um die vom Ohr empfangenen Signale zu entschlüsseln. Die Verarbeitung von Schallwellen findet in unserem Kopf und nicht in unserer Umwelt statt. Wenn also kein Gehirn zur Schallverarbeitung da ist, verursacht der fallende Baum dann wirklich ein Geräusch?

Können wir unseren Sinnen trauen?

Die Philosophen behaupten, dass wir die Welt durch Sehen, Hören, Fühlen, Riechen und Schmecken nicht wahrhaft erkennen können. Wenn wir etwas hören, heißt das nicht, dass das Geräusch wirklich in dieser Form existiert. Die an unser Gehirn übermittelten Klangsignale hängen von unseren Messinstrumenten ab, den Ohren. Ist das, was ich höre, das Gleiche, was du hörst oder was ein Tier hört?

Was *ist* real?

Die Frage nach der Wirklichkeit beschäftigt die Philosophie schon immer. Die Vertreter des Idealismus glauben, die Welt existiere nur durch unsere Wahrnehmung. Die Anhänger des Realismus behaupten, die Welt existiere unabhängig von der Wahrnehmung. Für die Vertreter des Pragmatismus ist wirklich, was wir dafür halten. Ihnen zufolge **kommt es auf das Ergebnis, nicht auf die Methode an.**

Du glaubst, dass es wehtun kann, etwas Kaltes zu schnell zu essen, weil du schon einmal davon Kopfschmerzen bekommen hast.

Nützliche Überzeugungen

Der Pragmatismus besagt: Ob eine Überzeugung wahr ist oder nicht, hängt davon ab, was geschieht, wenn jemand nach dieser Überzeugung handelt. Glaubst du, dass kochendes Wasser heiß ist und du dir die Hand daran verbrennst, wirst du es nicht anfassen. Nimmst du das Gegenteil an und handelst entsprechend, verletzt du dich. Unsere Überzeugungen basieren also auf unseren Erfahrungen. Diese Ideen wurden zuerst 1878 von dem US-amerikanischen Philosophen Charles Peirce formuliert.

Orientierungshilfe

William James lehrte Philosophie an der Harvard-Universität in den USA und sagte, Pragmatismus sei keine Theorie, sondern ein Mittel, sich in der Welt zu orientieren. Anstatt nach Ursachen zu suchen, beleuchtet er die Auswirkungen und hilft uns, Entscheidungen zu treffen. So beeinflusst unsere Einstellung zu Umweltverschmutzung und Klimawandel den Entschluss, ein großes Auto oder ein kleineres mit geringerem Treibstoffverbrauch zu kaufen.

William James (1842–1910)

Wir glauben, dass die Luft im Ballon heiß ist, weil wir es sehen können.

Nach der Wirkung urteilen

Ein Pragmatist würde sagen, wenn wir etwas beschreiben, beschreiben wir eigentlich dessen Auswirkung auf die Welt. Sagen wir etwa, etwas sei heiß, meinen wir damit, dass es unsere Sinne auf bestimmte Weise anregt. Wir entscheiden, ob die Aussage „Die Luft ist heiß." wahr ist, anhand ihrer Wirkung auf Lebewesen oder Gegenstände.

Überzeugungen ändern sich

Manche Philosophen halten Wahrheit für etwas Unumstößliches. Doch Dinge nach ihrer Wirkung zu beurteilen, ist viel praktischer. Selbst wissenschaftliche Überzeugungen ändern sich. Vor langer Zeit glaubten Ärzte, Infektionen würden durch „schlechte Luft" verursacht. Heute weiß man, dass Keime dafür verantwortlich sind.

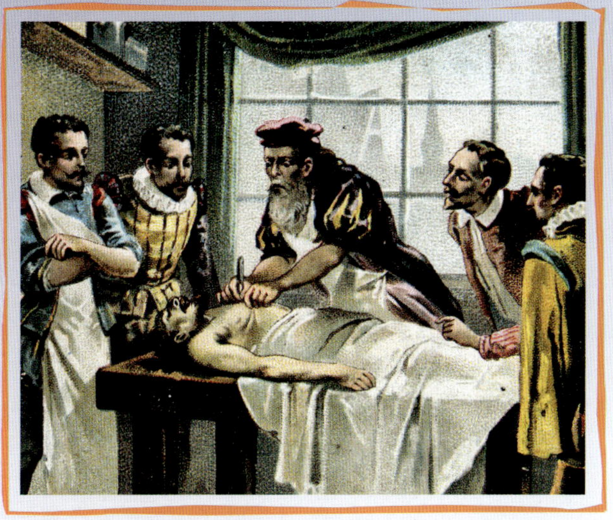

Viele Vorstellungen der Medizin, die die Menschen früher hatten, haben sich als falsch erwiesen.

Moderner Pragmatismus

Wer braucht Wahrheit?

Der Pragmatismus gewann Ende des 20. Jh. durch den US-amerikanischen Philosophen Richard Rorty an neuer Popularität. Rorty warf der modernen Philosophie vor, sich nur auf die Suche nach der Ursache der Dinge und genauen Bedeutung von Wörtern zu konzentrieren und dabei ihr eigentliches Anliegen zu vergessen. Er forderte, sich auf ihre ursprüngliche Aufgabe zu besinnen, die seiner Meinung nach darin besteht, den Menschen zu helfen, sich im Leben zurechtzufinden. Wir müssen nicht alles, sondern nur manches begreifen.

Richard Rorty (1931–2007)

Eine Welt im Wandel

Rorty erklärte, es gebe keine objektive Realität, die unabhängig vom Denken und Fühlen anderer ist. Stattdessen besteht unser Leben aus allem, was wir sehen, hören, fühlen, denken, uns vorstellen usw. Rorty beschrieb unser Leben wie ein fortlaufendes Gespräch. Die Welt fließt – Ereignisse geschehen, beeinflussen sich, rufen neue Ereignisse hervor – und wir sind Teil des Ganzen. Unsere Tage sind von Veränderungen geprägt. Wir können niemals aus uns heraustreten und eine objektive Wahrheit erkennen. Warum sollen wir dann danach suchen?

Wodurch *wird* *etwas* wahr?

Wir entscheiden oft, was wahr und nicht wahr ist, indem wir auf Ereignisse der Vergangenheit schauen. So bist du dir vielleicht sicher, dass Eis glatt ist, weil du einmal darauf ausgerutscht bist. Deine Überzeugung scheint richtig zu sein. Aber kannst du dich irren? **Glauben und wissen können zwei verschiedene Dinge sein.**

Manchmal haben wir gute Gründe zu glauben, dass etwas wahr ist – aber dennoch kann es falsch sein. Der US-amerikanische Philosoph Edmund Gettier (geb. 1927) sagte, obwohl sich eine Überzeugung als gerechtfertigt herausstellen könne, müsse es sich dabei nicht um „Wissen“ handeln. Folgende Geschichte erklärt, was Gettier meint:

Die Schulfreunde Ben und Sam rennen um die Wette. Ben glaubt, Sam werde wahrscheinlich gewinnen, denn der Lehrer sagt, er sei der beste Läufer der Klasse. Ben weiß zudem, dass Sam drei Bonbons in der Tasche hat. Daher glaubt Ben, der Junge mit den drei Bonbons werde das Rennen gewinnen. Doch überraschenderweise verliert Sam, nicht Ben. Dann entdeckt Ben, dass er auch drei Bonbons in der Tasche hat. Also war seine Überzeugung, der Junge mit den drei Bonbons gewinne, richtig.

Doch obwohl Ben recht hatte, basierte seine Überzeugung nicht auf Wissen. Der Gewinner hätte auch keine drei Bonbons haben können. Es war nur ein Zufall, dass Ben und Sam die gleiche Anzahl Bonbons hatten. Und eine zufällig wahre Überzeugung zählt nicht als Wissen.

Der Wahrheit auf der Spur

Wir glauben, was wir sehen
Manchmal kommen wir wie Forscher, die ihre Vermutungen durch Experimente bestätigt sehen, zu dem Schluss, ein Sachverhalt müsse wahr sein, weil wir ihn immer wieder erleben. So glauben wir, die Sonne geht auf und unter, weil wir das jeden Tag sehen. Doch eigentlich bewegt sich nicht die Sonne, sondern die Erde.

Aus der Erfahrung lernen
Unsere Erfahrungen bestimmen maßgeblich, wie wir Erkenntnisse gewinnen. Wir interagieren mit der Welt und entdecken, welche Gegenstände und Lebewesen es gibt, wie sie beschaffen sind und auf uns reagieren. So lernen wir, dass Schnee kalt und nass ist und Fische im Wasser leben.

Wenn du dich einmal am Kaktus gestochen hast, weißt du, dass es wehtut, einen Kaktus anzufassen.

Die Geschichte von der Kuh auf dem Feld
Stell dir vor, ein Bauer fragt sich, ob seine schwarz-weiße Kuh Daisy auf dem Feld ist. Er schaut nach und sieht etwas Schwarz-Weißes in der Ferne, das er für seine Kuh hält. Später stellt sich heraus, dass er eine schwarz-weiße Tasche gesehen hat. Daisy stand tatsächlich auf dem Feld, doch die Sicht auf sie war verdeckt. Der Bauer hatte recht damit, dass die Kuh da war, aber irrte sich in dem, was er zu sehen vermutete. Er wusste also nicht, dass Daisy da war, sondern glaubte es nur und lag damit richtig.

Zu glauben, dass einer der Jungen gewinnen wird, ist nicht dasselbe, wie es zu wissen.

Trifft eine Überzeugung auf alle zu?

Manche Philosophen behaupten, wahr sei, was jeder für eine praktische Wahrheit halte. Nehmen wir in unserem ersten Beispiel an, auch andere Jungen hätten drei Bonbons in der Tasche. Wenn sie alle ihr Wettrennen gewinnen, scheint es zuzutreffen, dass immer die gewinnen, die Bonbons dabeihaben. Sobald aber jemand ohne Bonbons gewinnt, würde sich unsere Überzeugung, Bonbons verfügten über magische Kräfte, als falsch herausstellen. Es wäre also praktischer, nicht an Zauberbonbons zu glauben und nach anderen Gründen zu suchen, warum jemand ein Rennen gewinnt.

Denk mal darüber nach!

Wahrheit und Zufall

Wir vermischen oft Dinge, die nichts miteinander zu tun haben. So glauben wir, wenn zwei Ereignisse gleichzeitig eintreten, müssen sie einander bedingen. Doch damit können wir uns irren. Wenn es sieben Tage lang regnet, sobald du zum Spielen hinausgehen willst, könntest du sagen: „Jedes Mal, wenn ich draußen spielen will, fängt es an zu regnen." Das wäre aber nicht wahr, sondern nur ein Zufall.

Überzeugungen auf den Zahn fühlen

Um den Wahrheitsgehalt einer Überzeugung zu prüfen, müssen wir nach Gegenbeispielen suchen. Wir nehmen so lange an, alle Schafe seien weiß, bis wir ein schwarzes gesehen haben. Dann wissen wir, dass Schafe schwarz und weiß sein können. Wir können nur zu Recht behaupten, alle Schafe seien weiß, wenn andere Farben ausgeschlossen sind. Doch wie sollen wir bei allen Schafen der Welt nachschauen?

Sind wissenschaftliche Erkenntnisse immer wahr?

Forscher wiederholen ihre Experimente oft. Sie glauben, wenn jedes Mal fast das Gleiche herauskommt, ist die zu beweisende Vermutung richtig. Doch Langzeitexperimente führen oft zu unerwarteten Ergebnissen. Die Forscher beachten sie nicht, denn eine Theorie gilt als richtig, wenn sie oft genug bewiesen wurde. Aber gibt es gesicherte Wahrheiten?

Kannst du **deinen Sinnen** *trauen?*

Es scheint offensichtlich, dass alle Dinge, die wir im Alltag wahrnehmen, wirklich existieren. Und wir bilden uns ein, viel über sie zu wissen. Wir können grünes Gras sehen, Musik hören, unsere Kleider berühren, verbrannten Toast riechen, eine Banane schmecken. Die Welt erscheint uns voll und erkennbar. **Doch unsere Sinne können uns täuschen** – wie sehr können wir ihnen trauen?

Unzuverlässige Sinne

Jeder hat schon einmal eine Sinnestäuschung erlebt. Zauberer lassen Dinge auftauchen, verschwinden und fliegen, obwohl wir wissen, dass es unmöglich ist. Versuche einen einfachen Trick: Nimm zwei Weintrauben und gib sie einem Freund, dem du die Augen verbunden hast. Glaubt er dir, wenn du behauptest, dass es sich um Kirschen handelt? Woher soll er wissen, dass es Weintrauben sind? Unsere Sinne lassen sich leicht in die Irre führen.

Auf diesem Foto sieht es so aus, als ob jemand den Eiffelturm hält. Doch wir wissen, dass es sich um eine optische Täuschung handeln muss.

Durch die Hitze in der Wüste kann ein Reisender halluzinieren und eine Oase in der Ferne sehen, die dort gar nicht ist.

Gespenster sehen

Wenn jemand etwas sieht und hört, was nicht da ist, heißt es, er habe eine „Halluzination“. Eine Halluzination beruht nicht auf der Außenwelt, sondern findet im Kopf eines Menschen statt. Aus irgendeinem Grund werden Informationen über ein Objekt an das Gehirn weitergeleitet, obwohl es das Objekt gar nicht gibt. Woher wissen wir, dass wir nicht die ganze Zeit halluzinieren?

Die Sinne funktionieren

Manche Philosophen behaupten, es sei für unser Leben am praktischsten anzunehmen, dass uns unsere Sinne meistens die richtigen Informationen liefern. Diese Philosophen nennt man Pragmatisten. Für sie sind unsere Sinne nur Werkzeuge, die uns helfen, uns im Leben zurechtzufinden. Obwohl sie sich irren können, sind unsere Sinne in der Regel zuverlässig.

Träume ich?

Vielleicht ist nichts so, wie es scheint, und wir träumen die ganze Zeit. Wie können wir das wissen? Die Traumwelt ist der Wirklichkeit sehr ähnlich – Bäume, Straßen und Menschen in ihr scheinen echt. Die Philosophen näherten sich der Frage auf verschiedene Weise. Thomas Hobbes sagte, das wirkliche Leben sei nicht so widersinnig wie das im Traum – so können wir in Wirklichkeit nicht fliegen. John Locke stellte fest, dass wir im Traum keinen Schmerz wahrnehmen – wenn wir ein Stechen spüren, sind wir also wach.

Ein Pragmatist würde sagen, wenn wir Musik hören, können wir davon ausgehen, dass auch Musik gespielt wird.

Was macht **mich** *aus?*

dich fragst, **wie Geist und Körper zusammenarbeiten**. Philosophen haben viele verschiedene Ansichten darüber, was einen Menschen ausmacht.

Woher weiß ich, dass **ich wirklich existiere?**

Die Frage nach der eigenen Existenz kann zu seltsamen Gedanken führen. **Bilden wir uns die Realität bloß ein?** Täuschen uns unsere Sinne? Vielleicht redet ein böser Dämon uns ein, dass es uns gibt. Solche beunruhigenden Ideen bereiteten dem Philosophen René Descartes im 17. Jh. großes Kopfzerbrechen. Doch sein Denkvermögen überzeugte ihn, wirklich zu sein.

Ist irgendetwas wahr?

Descartes fand, die Philosophie basiere häufig auf Vermutungen, die ohne hinreichenden Beweis als wahr akzeptiert werden. Das genügte ihm nicht. Also behandelte er philosophische wie mathematische Fragen, um unumstößliche Erkenntnisse über die Welt zu gewinnen. Er begann an allem zu zweifeln, um herauszufinden, ob irgendetwas über jeden Zweifel erhaben ist.

Von den Sinnen getäuscht

Als Erstes fragte sich Descartes, ob seine Sinne ihn über die Wirklichkeit täuschten. War das, was er sehen, hören, fühlen, berühren und riechen konnte, wirklich da? Die Sinne lassen sich leicht in die Irre führen. Greifen wir ohne hinzuschauen in eine Schüssel Spaghetti, glauben wir, es seien Würmer. Bekanntes wirkt fremd, wenn wir es aus einer verzerrten Perspektive oder Entfernung betrachten. Aus der Ferne erscheint ein großes Haus winzig.

2+2=4, das ist ein mathematischer Fakt. Descartes wollte ähnlich gesicherte Erkenntnisse für philosophische Fragen finden.

Wir können unseren Sinnen nicht immer trauen. Wenn du auf die Mitte des Bilds schaust, scheinen sich die farbigen Kreise zu bewegen. Doch in Wahrheit täuscht das Muster unsere Augen.

Woher wissen wir, dass wir das, was wir zu tun glauben, auch wirklich gerade tun?

Vom Verstand getäuscht

Spielt uns der Verstand Streiche? Descartes fragte sich, ob er wirklich beim Feuer sitze, mit einem Wintermantel bekleidet sei und ein Stück Papier mit den Händen berühre. Zunächst glaubte er, daran bestehe kein Zweifel. Dann fiel ihm ein, dass ein krankes Gehirn zu falscher Selbstwahrnehmung führen kann. So halten Geisteskranke sich für Könige oder bilden sich ein, aus Glas zu sein. Könnte er nicht ebenso einem Trugschluss aufsitzen?

Der böse Dämon

Descartes hatte einen beängstigenden Gedanken. Wenn ein böser Dämon ihm nun eine Wirklichkeit vorgaukelte, die es nicht gab? Da hatte er eine Eingebung. Selbst wenn es so wäre, könnte der Dämon nur einen Menschen täuschen, den es wirklich gibt. Denn ein Mensch, der nicht existiert, kann auch nicht getäuscht werden. Solange ihm Gedanken durch den Kopf gingen, egal welcher Art, konnte sich Descartes sicher sein, dass etwas wirklich existierte – nämlich sein Verstand. Und so schrieb er die Worte, die heute jeder Philosoph kennt: „Ich denke, also bin ich."

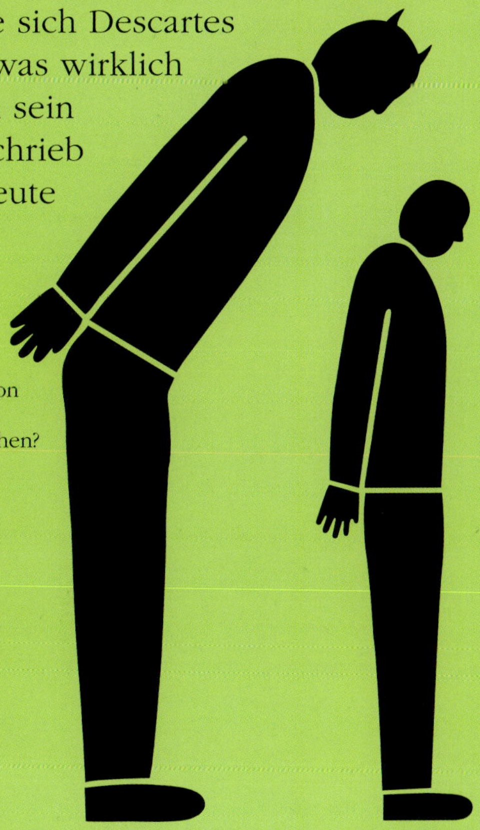

Kann ein böser Dämon einem Menschen die Wirklichkeit vortäuschen?

Gehirn im Tank

Stellen wir uns vor, wir könnten ein Gehirn in einem Tank am Leben erhalten. Es ist an einen Computer angeschlossen und erhält Signale, die ihm weismachen, es sei Teil eines Körpers. Eine moderne Version des Descartes'schen Dämons fragt, woher wir wissen, dass wir nicht nur ein Gehirn im Tank sind. Die Antwort lautet: weil wir uns diese Frage stellen können. Würde jemand unser Gehirn kontrollieren, würde er solche Gedanken unterdrücken.

René Descartes

„Denn es kommt nicht bloß auf den gesunden Verstand, sondern wesentlich auch auf dessen gute Anwendung an."

Descartes war einer der genialsten und originellsten Denker, er gilt oft als erster moderner Philosoph. Er brach mit der Denkweise der frühgriechischen Philosophie und entwickelte einen **neuen, naturwissenschaftlichen Ansatz**. Er sagte, wir dürften uns bei Erkenntnissen über das Selbst und die Welt nicht auf unsere Sinne verlassen. Wie ein Mathematiker bei einer schwierigen Berechnung entschied er sich für eine methodische Vorgehensweise.

Biografie

1596 Im französischen La Haye en Touraine geboren. Die Stadt wird später ihm zu Ehren in Descartes umbenannt. Nach dem frühen Tod der Mutter wird er mit den Geschwistern von der Großmutter aufgezogen.

1603–1612 Als Internatsschüler an dem von Jesuiten geführten Collège de La Flèche in Anjou. Wird in Mathematik, klassischer Bildung und Philosophie unterrichtet. Hält Mathematik für die einzig lohnenswerte Disziplin.

1616 Absolviert die Universität in Poitiers mit einem Abschluss in Rechtswissenschaften. Geht an eine Militärakademie.

1620–1628 Bereist Europa. Begegnet 1625 Vater Marin Mersenne. Der französische Philosoph und Arzt, ermutigt ihn, seine wissenschaftlichen Arbeiten zu veröffentlichen, und stellt ihm andere Philosophen vor.

1628 Siedelt nach Holland über. Schreibt sein erstes Buch über Physik.

1637 Veröffentlicht *Abhandlung über die Methode.*

1640 Veröffentlicht *Meditationen über die Erste Philosophie* und schreibt, dass sich Körper und Geist voneinander unterscheiden.

1650 Stirbt mit 53 Jahren an Lungenentzündung als Lehrer am schwedischen Hof.

Berühmte Werke

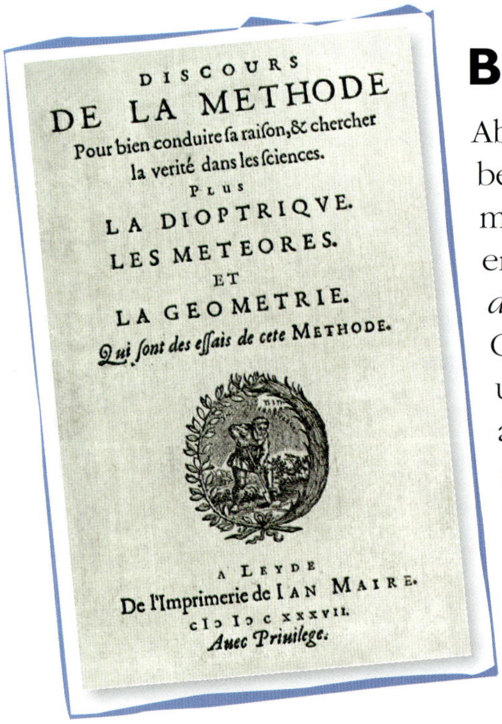
DISCOURS
DE LA METHODE
Pour bien conduire sa raison, & chercher la verité dans les sciences.
PLUS
LA DIOPTRIQVE.
LES METEORES.
ET
LA GEOMETRIE.
Qui sont des essais de cete METHODE.

A LEYDE
De l'Imprimerie de IAN MAIRE.
CIↃ IↃ C XXXVII.
Auec Priuilege.

Die *Abhandlung über die Methode* erschien 1637.

Ab 1630 verfasste Descartes die Bücher, die ihn berühmt machten. Sein Frühwerk befasste sich mit Naturwissenschaften. 1640 veröffentlichte er sein bekanntestes Buch: *Meditationen über die Erste Philosophie*. Darin untersuchte er den Geist und dessen Unterschied zum Körper und schrieb den berühmten Satz „Ich denke, also bin ich." Damit meinte er, dass er denken könne, beweise, dass er existiere. Zudem schrieb er mit der *Abhandlung über die Methode* eines der einflussreichsten philosophischen Werke aller Zeiten.

Das Ende in Schweden

Descartes wurde immer berühmter. Königin Christina von Schweden war so beeindruckt von seinen Ideen, dass sie ihn zu sich an den Hof als Philosophielehrer berief. Das wurde ihm zum Verhängnis. Er musste nicht nur entgegen seiner Gewohnheiten früh aufstehen, sondern konnte sich auch nicht an das kalte Klima in Schweden gewöhnen. Er wurde schwer krank und starb ein Jahr, nachdem er die Stelle angenommen hatte.

Königin Christina von Schweden und Mitglieder ihres Hofes nehmen an einer Philosophiestunde Descartes' teil.

Einfluss auf die Wissenschaft

Descartes prägte nicht nur Generationen späterer Philosophen, sondern hatte auch eine enorme Wirkung auf die Naturwissenschaften. So interessierten sich der Mathematiker Isaac Newton und der Astronom Edmond Halley sehr für Descartes' Schriften über Physik und Mathematik. Seine Untersuchungen der Bewegungsgesetze führten zu den Newtonschen Gesetzen und ermöglichten Jahrhunderte später die Raketentechnik.

Wer bin **ich?**

Fragst du dich manchmal, was dich ausmacht? Wenn du „ich“ sagst oder denkst, beziehst du dich auf deinen Körper? Oder meinst du wie der Philosoph Descartes deinen Geist, den „denkenden“ Teil von dir? Vielleicht glaubst du wie er, Körper und Geist seien unabhängig voneinander. Oder du fühlst dich wie eine Mischung aus beidem. Lässt sich diese Frage beantworten?

Unser Körper und Geist verändern sich sehr im Lauf des Lebens.

Gibt es einen inneren Kern?

Du kannst dich vermutlich an deine Babyzeit nicht erinnern. Auf einem Bild von früher siehst du, wie du einmal warst. Heute ist dein Körper ganz anders. Du kannst nun laufen, rennen und hüpfen. Als du sprechen gelernt hast, hat sich auch dein Denken verändert. Aber ist ein Teil von dir unverändert geblieben?

Das Gedächtnis speichert Gelerntes ab, wie die Bewegungsabläufe beim Fahrradfahren.

Bin ich meine Erinnerungen?

Es gibt verschiedene Arten von Erinnerungen. Manche rufen Gelerntes ab, wie Fahrradfahren oder Rechnen. Andere erinnern uns an ein Ereignis, wie den Geburtstag eines Freundes. Wieder andere lassen uns Vorlieben und Abneigungen erkennen. So erinnern wir uns, ob wir den Geschmack von Schokolade mögen. Vielleicht vermittelt uns die Gesamtheit der Erinnerungen einen Eindruck von dem, der wir sind.

Bin ich meine Gefühle?

Erinnerungen rufen oft Gefühle wach. Erinnerst du dich an die erste Begegnung mit deinem besten Freund? Macht dich der Gedanke daran glücklich und zaubert ein Lächeln auf dein Gesicht? Gefühle helfen uns bei der Entscheidung, was richtig und falsch ist. Wir nehmen Situationen unterschiedlich wahr. Was den einen vor Freude tanzen lässt, bringt den anderen zum Weinen. Möglicherweise machen uns die Gefühle zu dem, der wir sind?

Angst

Ekel

Bestimmen deine Gefühle, wer du bist?

Der Geist ruht nie

Vorgänge in deinem Geist – Erinnerungen, Emotionen, Vorlieben, Abneigungen – laufen beständig ab. Vielleicht bestimmt die Art, wie sie ineinandergreifen und sich vernetzen, was dich wirklich ausmacht? Wenn aber etwas davon wegfällt? Angenommen, jemand vergisst alles, was er erlebt und gewusst hat. Wenn er trotzdem gern tanzt und Himbeereis mag, ist er dann immer noch derselbe?

Ein Teil von dir wird von deinen Vorlieben und Abneigungen geprägt.

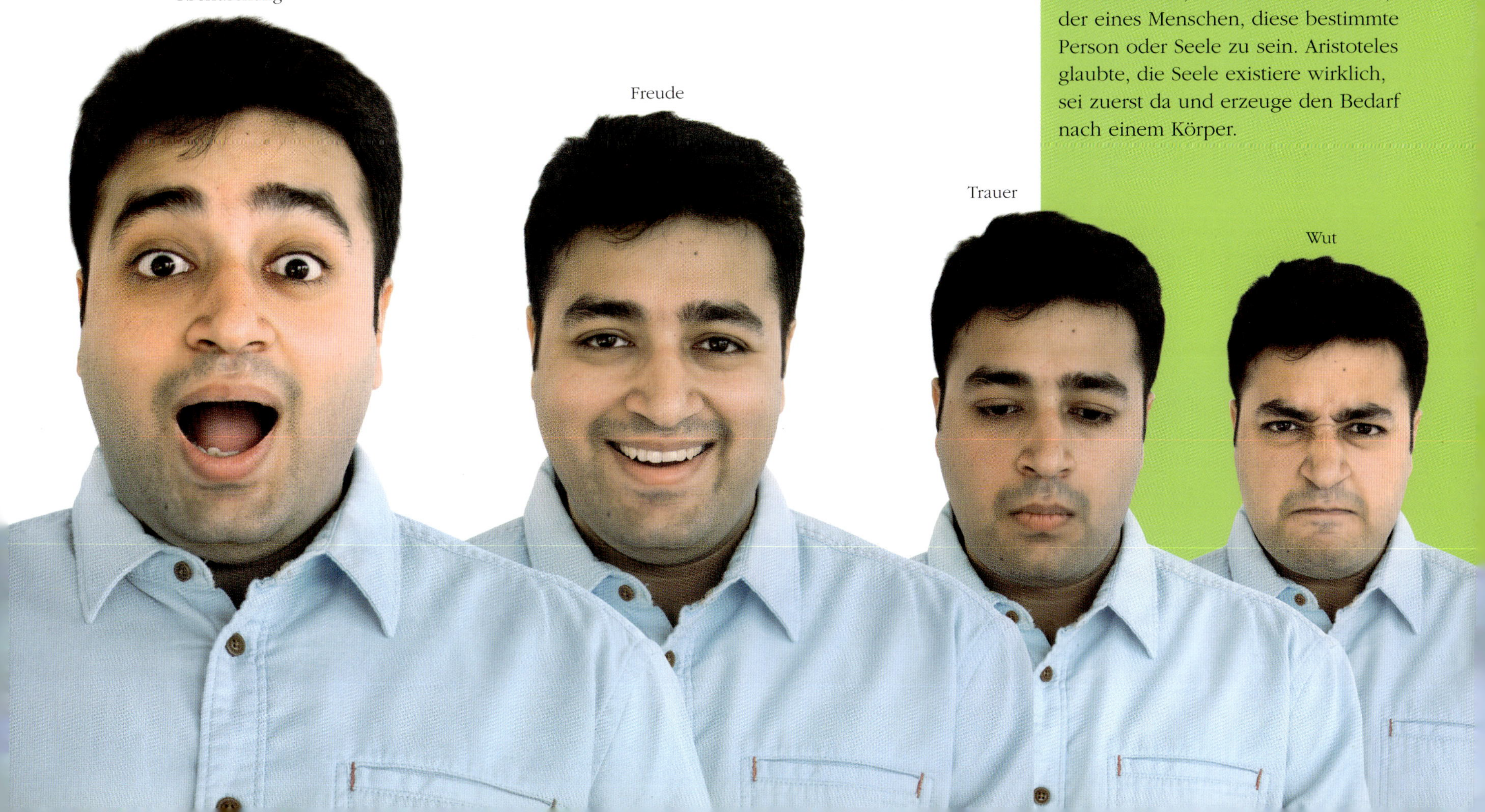

Überraschung

Freude

Trauer

Wut

Was macht meine Identität aus?

Bin ich nur eine Maschine?

Materialisten sind Philosophen, die glauben, alles bestehe aus Materie. Für sie ist selbst der Geist eine Ansammlung denkfähiger, ständig feuernder Hirnzellen. Das klingt, als wären wir eine Maschine, aber ist das so? Könnte eine Maschine Gefühle haben oder sich Sorgen machen?

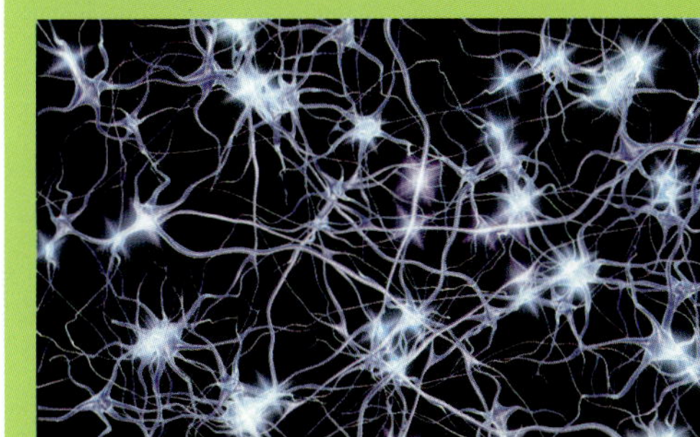

Diese vergrößerte Aufnahme zeigt, wie Hirnzellen sich bei Denkvorgängen vernetzen.

Was war zuerst?

Für Aristoteles war das Wichtigste bei allem der Zweck, um dessentwillen etwas existiert. Er nannte ihn „Finalursache". Der Zweck einer Obstschale ist, Obst aufzubewahren, der eines Menschen, diese bestimmte Person oder Seele zu sein. Aristoteles glaubte, die Seele existiere wirklich, sei zuerst da und erzeuge den Bedarf nach einem Körper.

Das Leben des Avicenna

980 Bei Buchara im persischen Samanidenreich als Sohn eines Steuereintreibers geboren.

996 Wendet sich mit 16 Jahren der Medizin zu. Heilt den samanidischen Herrscher Nuh ibn Mansur und darf dafür dessen Bibliothek benutzen.

999 Nach dem Ende der samanidischen Dynastie in Buchara geht er auf Reisen. Er arbeitet als Arzt und Philosoph an Königshöfen, in Städten und Dörfern in ganz Asien.

1025 Vollendet den *Kanon der Medizin*, eine Sammlung seines medizinischen Wissens.

1037 Stirbt im persischen Hamadan.

Avicennas *Kanon der Medizin*

Der fliegende *Mensch*

Der im Abendland als Avicenna bekannte persische Arzt Ibn Sina war **einer der wichtigsten Philosophen des Mittelalters**. Er fragte sich Jahrhunderte vor anderen Denkern, ob er wirklich existiert. 1002 demonstrierte Avicenna mit dem Gedankenexperiment „Fliegender Mensch", dass der Geist unabhängig vom Körper ist.

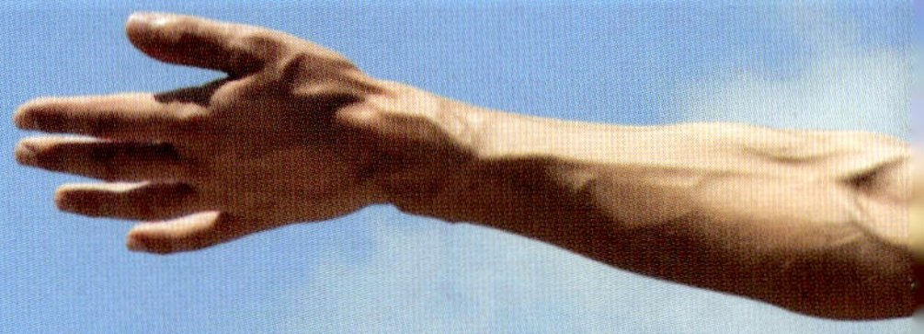

Bei diesem Experiment müssen wir uns einen gesunden Menschen vorstellen, dessen Augen verbunden sind und der in der Luft schwebt. Keiner seiner Arme und Beine berührt etwas. Er kann nichts sehen, fühlen, riechen oder schmecken. Da es still ist, kann er auch nichts hören. Woher weiß dieser fliegende Mensch, dass er existiert? Für Avicenna weiß er es, weil er denkt. Doch was genau ist dieser Geist – oder das „Selbst", wie Avicenna es nennt –, womit der fliegende Mensch denkt? Er kann ihn nicht in seinem Kopf spüren und seine Sinne nehmen keine Reize aus der Umwelt wahr und senden sie ans Gehirn. Dennoch hat er Gedanken. Mit diesem Experiment will Avicenna zeigen, dass der Geist sich wesentlich vom Körper unterscheiden muss. Er kann unabhängig von den Sinnen existieren.

1. Gemeinsinn
2. Vorstellungskraft
3. Ideen
4. Gedanken
5. Gedächtnis

Geisteskräfte

Avicenna zufolge gibt es fünf innere Sinne oder Geisteskräfte: Der Gemeinsinn nimmt Eindrücke auf, die bewahrende Vorstellungskraft konserviert sie, die aktive Vorstellungskraft bzw. das Kombinationsvermögen verbindet oder trennt sie (Ideen) und das Urteilsvermögen bewertet sie (Gedanken). Das Erinnerungsvermögen speichert alle Eindrücke im Gedächtnis ab. Durch diese Geisteskräfte können wir die Informationen verarbeiten, die uns unsere Sinne liefern, und uns so z. B. vor Gefahren schützen.

Auch ohne Sinneseindrücke kann der fliegende Mensch denken.

Denk mal darüber nach!

Körper und Geist sind eins

Avicenna sagte, man könne sich den Geist am besten als eine Person vorstellen, die sich eines Werkzeugs bediene, nämlich des Körpers. Andere Philosophen halten nichts von dieser Erklärung. Wir nehmen den Schmerz nach einer Verletzung anders wahr als ein Mechaniker eine Störung seiner Maschine. Wir spüren Schmerz unmittelbar. Die unangenehme Empfindung ist Teil von uns, ebenso wie unser Nachdenken über die Ursache. Auch unser Körper gehört zu unserer Persönlichkeit und ist nicht nur eine Maschine, die von unserem Geist gesteuert wird.

Kein Geist im Körper

Avicennas komplizierte Vorstellung vom Geist ist umstritten. In der modernen Philosophie gibt es Bestrebungen, den Geist auf die Vorgänge der Zellen und Nerven im Gehirn zu reduzieren und ihn nicht als unergründliches Gebilde zu sehen, das in unserem Körper schwebt. Wir müssen uns das wie eine große Schule vorstellen. Sie umfasst Klassenzimmer, eine Bibliothek, eine Turnhalle, ein Labor und anderes. Wir können nicht einen Raum herausnehmen und als Schule bezeichnen. Auch unser Geist besteht aus vielen verschiedenen Elementen, die zusammen etwas Größeres ergeben. Wir können nicht ein Element herausgreifen und als Sitz des Geistes ausmachen.

Vorstellungskraft

Unser Geist erfasst Eindrücke und versucht, sie zu analysieren. Avicenna glaubte, es gebe zwei Arten der Vorstellungskraft. Die eine nimmt Eindrücke wahr. Die zweite verarbeitet sie, indem sie sie entweder vermischt, trennt oder daraus etwas völlig Neues formt.

Mithilfe der Vorstellungskraft können wir Kunstwerke schaffen.

Unterscheidet *sich mein* Geist *von meinem* Körper?

Körper und Geist scheinen meistens gut miteinander auszukommen. Müssen wir daher wissen, **wie ihr Zusammenspiel funktioniert**? Seit Jahrhunderten stellen Philosophen genau diese Frage und warten mit vielen Theorien auf. Einige glauben, der Geist sei aus fester Materie wie der Körper. Anderen zufolge sind beide grundverschieden. Für manche existieren nur Gedanken wirklich.

Körper und Seele

Die frühgriechischen Philosophen diskutierten oft über die Seele oder den Geist. Manche nahmen an, Körper und Seele seien getrennt und nach dem Tod gehe die Seele in die Ewigkeit ein. Andere glaubten, Körper und Seele hingen miteinander zusammen. Sie sagten, die Seele bestehe aus Materie und sterbe mit dem Körper.

Gott ist verantwortlich

Der iranische Philosoph al-Ghasali (1059–1111) entschied im 11. Jh., dass Gott unsere Gedanken und Handlungen lenkt. Er konnte keine andere Erklärung für das Zusammenspiel von Geist und Körper finden. Es ist offensichtlich, dass zwischen Geist und Körper ein Austausch stattfindet: So sagt der Geist dem Körper, er solle sich bewegen, und der Körper sagt dem Geist, dass ihm etwas wehtut. Aber wie ist das möglich? Al-Ghasali zufolge bewegt ein Mensch seinen Arm, weil Gott ihm das eingibt.

Zweigeteilt

Nach langem Nachdenken kam der Philosoph René Descartes (1596–1650) zu dem Schluss, Körper und Geist seien grundverschieden. Der Körper ist aus Materie, der Geist nicht. Die Theorie, wonach alles aus zwei Elementen besteht, nennt man Dualismus. Sie warf wichtige Fragen auf: Wie kann der Geist dafür sorgen, dass sich Teile des Körpers bewegen? Wie kann der Geist Wahrnehmungen des Körpers interpretieren?

Viele Philosophen wollen herausfinden, wie Geist und Körper zusammenarbeiten.

Thomas Hobbes (1588–1679)

Kein Unterschied

Eine Materialisten genannte Gruppe von Philosophen ging davon aus, dass Gedanken ebenso wie der Körper aus Materie bestehen. Ein wichtiger Vertreter war Thomas Hobbes. Ihm zufolge kommen Sinnesempfindungen dadurch zustande, dass äußere Reize wie Dominosteine „innere Lebensgeister“ anstoßen. Wenn uns eine Brennnessel sticht, reagiert die Haut, sendet ein Signal an das Gehirn, die den Gedanken „Au!“ auslöst. Wenn Hobbes Recht hat, sind wir nicht in der Lage, unsere natürlichen Reaktionen zu kontrollieren.

Zwei Seiten einer Medaille

Einer philosophischen Ansicht zufolge sind Körper und Geist wie zwei Seiten einer Medaille. Ein Ereignis wirkt sich auf beide Seiten aus. Wenn dich ein Fußball am Kopf trifft, schmerzt zum einen dein Körper, zum anderen denkt dein Gehirn: „Ein Fußball hat mich getroffen.“ Der Philosoph Baruch Spinoza (1632–1677) war im 17. Jh. Anhänger dieser Idee. Für ihn sind unsere Handlungen und Gefühle mit der Natur verbunden und unsere Gedanken mit Gott.

Seite an Seite

Der deutsche Philosoph Gottfried Wilhelm Leibniz (1646–1716) nahm an, Geist und Körper interagierten *nicht* miteinander. Gott hat Körper und Geist harmonisch aufeinander abgestimmt. Leibniz glaubte, im Universum gebe es zwei parallele Wege. Auf einem sind die Dinge, die man sehen und berühren kann, wie den Körper. Auf dem anderen sind Dinge des Geists. Wie zwei synchronisierte Uhren verlaufen die Pfade nebeneinander, aber kreuzen sich nie.

Welcher Körper?

Hast du schon einmal daran gedacht, dass dein Körper gar nicht echt ist? Der irische Philosoph George Berkeley (1685–1753) bezweifelte, dass es überhaupt feste Materie in der Welt gibt. Ihm zufolge existieren nur der Geist und dessen Gedanken. Er glaubte, dass der Körper und alles andere, was wir für real halten, nur Vorstellungen unseres Verstandes sind.

Körper oder Gehirn?

Der Schuster-Prinz
Bereits 1689 versuchte John Locke herauszufinden, ob Gehirn oder Körper uns zu dem machen, der wir sind. Er stellte sich vor, dass die Seele eines Prinzen in den Körper eines Schusters übergeht. Die Seele selbst bleibt unverändert, doch die Gedanken, Erinnerungen und die Persönlichkeit des Prinzen wohnen nun im Körper des Schusters. Der Schuster hat also dieselbe Persönlichkeit wie der Prinz, ist aber dennoch ein anderer Mensch. Wie ist das möglich?

Auch der Körper zählt
Der US-amerikanische Philosoph Eric Olson geht davon aus, dass der Körper ebenso sehr wie das Gehirn unsere Persönlichkeit bestimmt. Ihm zufolge teilen Körper und Geist die gleichen Erfahrungen und damit eine Geschichte. Zudem verfügt der Körper über ein Nervensystem, das jedem Körperteil einschließlich des Gehirns Anweisungen erteilt. So kommt Olson zu dem Schluss, dass der Körper unsere Identität ausmacht.

Diese berühmte Skulptur von Auguste Rodin heißt *Der Denker.*

Shoemakers Gehirnexperiment

Die Philosophen rätseln seit Langem über die Verbindung zwischen Geist und Körper. Der Geist ist kein Arm, wie also bringt er den Körper dazu, etwas zu tun? Und **welcher Teil von mir macht „mich“ wirklich aus?** Erkennen mich meine Freunde an meinem Körper oder an meinem Geist? Der Philosoph Sydney Shoemaker entwickelte dazu ein Gedankenexperiment.

Wird ein Mensch durch die Vorgänge in seinem Gehirn bestimmt? Schließlich trifft der Verstand alle Entscheidungen, die uns durch das Leben führen, und ist für alles verantwortlich, was wir tun. Tatsächlich stimmen die meisten überein, dass der Geist eher als der Körper unsere Persönlichkeit ausmacht. Sydney Shoemaker glaubte, so einfach lasse sich das nicht erklären. Um zum gründlichen Nachdenken über das Zusammenspiel von Körper und Geist anzuregen, entwickelte er folgendes Experiment:

Jack und Tom müssen sich einer Gehirnoperation unterziehen. Ihre Hirne werden dem Körper entnommen. Als sie wieder eingepflanzt werden, werden sie versehentlich vertauscht. Jack hat nun Toms Gehirn und Tom hat Jacks. Dann stirbt Jack und mit ihm Toms Gehirn. Tom, der Jacks Gehirn in sich trägt, bleibt am Leben. Die Frage ist: Wer ist die Person im Krankenbett?

Als Freunde den Überlebenden besuchen, halten sie ihn zunächst für Tom, weil er so aussieht. Aber je mehr sie mit ihm sprechen, umso verwirrter werden sie. Er scheint Jacks Vorlieben übernommen zu haben. Er mag Fußball und möchte dabei sein, wenn seine Mannschaft in Argentinien spielt. Vor der Gehirnoperation interessierte sich Tom nicht für Sport und reiste nicht gern. Zudem erinnert er sich an Ereignisse aus Jacks Leben. Zu allem Überdruss möchte er nach Hause zu Jacks Frau und Kindern. Wer ist er also? Tom oder Jack?

Wenn zwei Menschen ihre Gehirne vertauschen, wer ist dann wer? Beide sehen aus wie vorher, aber sprechen und verhalten sich wie der andere.

Denk mal darüber nach!

Beweglicher Geist

Die Frage nach der Identität wird noch komplizierter, wenn wir bei dem Experiment des Hirnaustauschs von mehr als zwei Personen ausgehen. Vielleicht ist es in Zukunft möglich, Gedanken aus dem Gehirn wie Daten von einer Festplatte zu löschen und andere Gedanken einzuspielen. Wir könnten dann den Geist eines Menschen mit allen Erinnerungen, Vorlieben und Abneigungen in leere Gehirne mehrerer anderer Körper einpflanzen. Was würden wir von den Menschen mit identischem Geist halten? Sind sie wirklich alle gleich oder hat jeder eine eigene Persönlichkeit?

Warum ist das Gehirn so wichtig?

Wenn wir davon ausgehen, dass das Gehirn unsere Identität bestimmt, selbst wenn es in einem anderen Körper wohnt, warum gilt das nicht für andere Organe? Wenn etwa eine Frau eine Herztransplantation hat, würden wir dann behaupten, die eigentlich Überlebende sei die Spenderin? Das Gehirn scheint ein Sonderfall zu sein. Mit diesem Organ können wir fortlaufend von Tag zu Tag denken. Wir können am Morgen unsere Gedanken vom Abend wieder aufnehmen. Auch unsere Überzeugungen und Wünsche bleiben größtenteils gleich.

Gedächtnisverlust

Die Behauptung, unsere fortlaufenden Gedanken bestimmten unsere Identität, ist ebenfalls problematisch. Manchmal funktioniert das Gehirn plötzlich nicht mehr. Wenn ein Mensch seine Erinnerungen verliert, spricht man von einem Gedächtnisverlust. Aber wenn sich jemand an nichts mehr erinnern kann, ist er dann immer noch derselbe?

Wie **lernen** *wir?*

Die Philosophen interessieren sich sehr für das Thema Lernen und besonders dafür, **was und woher wir etwas wissen.** Es herrscht große Uneinigkeit darüber, ob wir Wissen durch Denken oder durch Erfahrung erwerben. Eine Gruppe von Philosophen behauptet, wir kämen mit angeborenen Ideen zur Welt. Andere halten das für unsinnig.

Angeborene Ideen

René Descartes nahm an, dass wir schon vor der Geburt Ideen in uns tragen. Ihm zufolge sind wir uns dieser vielleicht nicht bewusst, aber sie sind wie Regeln, anhand derer wir uns in der Welt orientieren. Zu ihnen zählen mathematische Vorstellungen wie Form und Größe. Descartes glaubte, dass uns ohne diese Ideen die Welt wie ein großes, buntes, energiegeladenes Chaos erscheinen würde.

Lernen durch Erfahrung

Für Descartes ist die Vorstellung von „Ursache und Wirkung" angeboren. Ein Baby berührt ein Mobile und versetzt es in Bewegung. Warum berührt das Baby das Mobile immer wieder? Descartes würde sagen, weil es den Begriff von Ursache und Wirkung verstanden hat und daher weiß, dass das Mobile sich durch die Kraft seiner Hand bewegt. John Locke widersprach. Ihm zufolge hat ein Baby keine angeborenen Ideen, sondern lernt durch Erfahrung. Es berührt das Mobile nur zufällig wieder und wieder und merkt irgendwann, dass die Bewegung der Hand und die des Mobiles zusammenhängen müssen.

Babys begreifen schon sehr früh, dass sich ein Mobile bewegt, wenn man es anstößt.

Locke zufolge gibt es keine Vorstellung, die alle Menschen in der Welt teilen.

Keine festen Vorstellungen

Locke sagte, wenn Menschen mit angeborenen Ideen zur Welt kämen, dann müsste es Vorstellungen geben, die jeder Mensch hat, unabhängig davon, wo und wann er lebt. Aber so eine Vorstellung ist noch nie nachgewiesen worden. Das scheint Lockes Behauptung zu stützen, dass wir nicht mit festen Vorstellungen zur Welt kommen, sondern unser gesamtes Wissen im Lauf des Lebens erwerben.

Verborgene Ideen

Locke zufolge erwerben wir unser Wissen durch Erfahrung. Um diese These zu stützen, sagt er, wenn wir angeborene Ideen hätten, würden wir sie kennen. Da wir sie nicht kennen, sind sie nicht da. Manche Philosophen widersprechen und begründen es damit, dass wir auch nicht jede Erinnerung parat haben. So hast du vielleicht vergessen, was du letztes Wochenende gemacht hast, bis dich jemand danach fragt. Möglicherweise existieren angeborene Ideen ja wie Erinnerungen in unserem Geist und warten darauf, hervorgeholt zu werden?

Die Vorstellung „Apfel" ist eine Kombination, etwa aus rund, rot, süß und saftig.

Verknüpfen

Der schottische Philosoph David Hume (1711–1776) nahm an, dass wir lernen, indem wir Erfahrungen verknüpfen. Ihm zufolge formen wir aus unseren Sinnesempfindungen einfache Vorstellungen, wie die von der Farbe Rot. Durch die Verknüpfung der einfachen Vorstellungen entstehen komplexere, wie die von einem Apfel.

WAS MACHT MICH AUS?

Biografie

1632 Im englischen Somerset geboren.

1642 Lockes Vater kämpft im englischen Bürgerkrieg gegen König Karl I.

1652 Besucht das Christ Church College der Universität Oxford, wo er 30 Jahre bleibt.

1666 Wird Leibarzt von Lord Ashley-Cooper, dem späteren Earl of Shaftesbury, der ihn geschäftlich und politisch unterstützt.

1683 Flieht in die Niederlande, als man ihm Beteiligung an einer Verschwörung unterstellt.

1688 Kehrt nach England zurück.

1689 Arbeitet für die englische Regierung und veröffentlicht anonym *Zwei Abhandlungen über die Regierung* über seine Theorie des Naturrechts.

1690 Veröffentlicht *Versuch über den menschlichen Verstand.*

1696 Wird ins Handelsministerium berufen.

1691 Zieht nach Oates in Essex.

1704 Stirbt mit 72 Jahren.

John Locke

„Wo kein Gesetz, ist auch keine Freiheit."

John Locke war einer der bedeutendsten Denker des 17. Jh. Damals begannen die Menschen mit der Tradition zu brechen und selbst nach Antworten zu suchen. Es war das Zeitalter der Aufklärung. Locke war ein wichtiger Philosoph und Politiker. Seine **Vorstellungen von Macht und Regierung** beeinflussten die Menschen in vielen Ländern, wie in den neu gegründeten USA.

Die frühen Jahre

John Lockes Vater war Jurist, der im englischen Bürgerkrieg auf der Seite des Parlaments kämpfte. Nach dem Sieg finanzierten die Parlamentarier zum Dank John Locke das Studium an der Universität Oxford. Dort blieb er 30 Jahre, studierte Philosophie und Medizin und arbeitete zehn Jahre als Arzt.

Das Christ Church College in Oxford

Locke nahm an, die Farbe dieser Blumen sei in unserem Geist und nicht an den Blumen.

Naturrecht

Locke glaubte, dass alle Menschen das Selbstbestimmungsrecht über ihren Körper haben und nicht vom Willen anderer abhängen. Zudem sagte er, dass jeder Mensch das Eigentumsrecht am Werk seiner Hände hat. Wenn also jemand ein Holztor baut, gehört es ihm danach. Locke nannte diese Theorie „Naturrecht“ und beschrieb sie in *Zwei Abhandlungen über die Regierung*. Seine Ideen beeinflussten Generationen weltweit.

Lockes „Naturrecht“ floss in die 1776 verabschiedete amerikanische Unabhängigkeitserklärung ein.

Die Welt erleben

Locke glaubte nicht daran, dass Menschen mit Ideen geboren werden, sondern dass sie durch Erfahrung lernen. Ihm zufolge haben Objekte zwei Arten von Eigenschaften – primäre, wie Größe und Form, die dem Objekt innewohnen, und sekundäre, wie Farbe und Geruch, die eine Reaktion im Gehirn auslösen, wenn unsere Sinne sie wahrnehmen.

Woher **weiß ich, *was* du denkst?**

Wie können wir beweisen, dass der Geist anderer auf gleiche Weise wie unserer funktioniert? Nur wir selbst kennen unseren Geist, er ist für andere unzugänglich. Aber **wenn wir den Geist anderer nicht ergründen können**, woher wissen wir dann, was sie denken?

Der Geist anderer

Wir können nicht in den Kopf eines anderen schauen, aber wir können sein Verhalten beobachten. John Locke zufolge kommen wir dadurch zu dem Schluss, dass der Geist anderer unserem gleicht. Doch durch Verhaltensbeobachtungen können wir das gar nicht wissen, weil wir andere durch den Filter unseres eigenen Geistes sehen.

Wir halten diese Kinder für glücklich, weil sie so aussehen wie wir, wenn wir glücklich sind.

Warum runzelt diese Frau die Stirn?

Verhalten verstehen

Stell dir vor, du siehst, wie ein Mann zu einem Laden läuft, ihn verschlossen vorfindet, die Stirn runzelt und geht. Aufgrund eigener Erfahrung nimmst du an, der Mann sei frustriert. Doch Geist und Körper des Mannes funktionieren vielleicht ganz anders als dein eigener. Möglicherweise runzelt er die Stirn, wenn er denkt, und ist gar nicht verärgert.

Wir drücken Gefühle durch Sprache aus.

Sprachspiele

Der österreichische Philosoph Ludwig Wittgenstein nahm an, dass wir Sprache entwickelt haben, um uns mit anderen auszutauschen. Durch Sprache können wir unsere Gedanken offenbaren. Und wir können uns nur mit jemandem unterhalten, wenn wir verstehen, was er sagt. Sprache beweist, dass andere auch einen Geist haben, denn sie kann geteiltes Gedankengut ausdrücken. Ohne Sprache würden wir nicht wissen, dass andere wie wir denken und fühlen.

Geteilte Gefühle

Ein Wort wird gebildet, wenn die Bedeutung dahinter vielen bekannt ist. Ob du ein Wort wie „Schmerz“ falsch anwendest, merkst du an der Reaktion der anderen. Vom Kleinkindalter an lernst du, Wörter im richtigen Kontext zu gebrauchen. Durch den Erwerb der Sprache werden dir Gefühle vermittelt, die alle Menschen teilen. Wenn du ein neues Wort erfindest, um etwas zu beschreiben, das nur du allein erlebt hast, korrigiert dich niemand, weil keiner weiß, wovon du sprichst.

Sprache und Fühlen

Empfinde ich den gleichen Schmerz wie du?

Selbst wenn du einem Freund exakt beschreibst, wie es ist, wenn du dir den Zeh anstößt, kann er dann wirklich wissen, wie es sich für dich anfühlt? Wenn du zehn Menschen bittest, dieses Gefühl zu beschreiben, verwenden sie vielleicht alle das Wort „Schmerz“, aber empfinden ihn auf unterschiedliche Weise. Woher können wir wissen, was genau ein anderer fühlt?

Sich den Zeh anzustoßen schmerzt, aber empfinden alle Schmerz auf die gleiche Weise?

Ähnliche Erfahrungen

Woher wissen wir, ob wir Glück, Hunger, Aufregung und Müdigkeit auf dieselbe Art wie andere empfinden? Wittgenstein fand, das sei nicht wichtig, denn unsere Erfahrungen ähnelten sich. Auch wenn wir nicht wissen, was ein anderer fühlt, haben wir vergleichbare Situationen erlebt.

Biografie

um 563 v. Chr. Unter einem Baum während einer Reise seiner Mutter geboren. Er soll nach der Geburt sieben Schritte gelaufen sein, unter denen je eine Lotusblüte hervortrat.

Siddharta als Kind und seine Mutter

um 547 v. Chr. Heiratet mit 16 Jahren. Kurz darauf verlässt er erstmals den elterlichen Palast.

um 547–483 v. Chr. Reist, geht bei religiösen Meistern in die Lehre, um einen Ausweg aus menschlichem Leid zu finden. Wird unter einem Baum erleuchtet und als Buddha bekannt. Den Rest des Lebens reist er durch Indien und verkündet seine Lehren.

um 483 v. Chr. Stirbt mit 80 Jahren.

Siddhartha Gautama

„Es gibt kein Gesetz, das ewig und unveränderbar ist.“

Siddhartha Gautama wurde als Buddha oder „der Erleuchtete“ bekannt. Seine Lehren sind Kern des Buddhismus, einer östlichen Philosophie. Der Buddhismus basiert auf der Vorstellung, dass **nichts unvergänglich ist**. Buddha sagte, das menschliche Leid rühre daher, dass wir in dieser sich wandelnden Welt an Dingen festhalten.

Jugend

Siddhartha Gautama wuchs als Sohn eines Fürsten auf und wusste nichts von dem Leben außerhalb der Palastmauern. Als junger Mann entdeckte er zu seinem Entsetzen, dass Krankheit, Alter und Tod existieren. Er gab sein privilegiertes Leben auf, um eine Antwort auf das menschliche Leid zu finden. Und so ging er auf Reisen, wurde Schüler verschiedener religiöser Meister, doch vergebens. Schließlich setzte er sich unter einen Feigenbaum, um durch Meditation selbst zu einer Antwort zu gelangen.

Siddhartha Gautama war entsetzt über das Leid außerhalb seines Palastes.

Buddha

Siddhartha Gautama saß 49 Tage unter dem Baum und dachte darüber nach, was im Leben wichtig ist und wie die Menschen leben sollten. Er kam zu dem Schluss, dass es zwar immer Krankheit, Alter und Tod geben wird, aber dass sich unsere Einstellung dazu ändern kann. Der Moment dieser Erkenntnis wird als „Erleuchtung" beschrieben. Von da an nannte man Siddhartha Gautama „Buddha".

Buddha-Statue

Der Mittlere Weg

Einer der Kerngedanken Buddhas ist als Mittlerer Weg bekannt. Ihm zufolge findet man Wahrheit weder in unumstößlichen Glaubensgrundsätzen, noch indem man alles anzweifelt, sondern irgendwo dazwischen. Buddha sagte, dass wir die Meinung anderer nicht einfach übernehmen, sondern den Dingen selbst auf den Grund gehen sollen. Wir müssen uns unserer Gedanken bewusst werden, die kommen und vergehen, wie alles in dieser sich immerzu wandelnden Welt.

Das Rad der Lehre steht für Wandel und den endlosen Kreislauf des Lebens.

Dem Glück auf der Spur

Für Buddha bestand das Wesen der Welt in ihrem ständigen Wandel. Nichts währt ewig – alles kommt und vergeht, wie auch wir selbst. Doch obwohl wir den Wandel nicht verhindern können, halten wir am Unbeständigen fest. So möchten wir vielleicht, dass ein Fest nicht zu Ende geht, und sind traurig, weil es dennoch so sein wird. Dem Buddhismus zufolge lässt uns dieser Wunsch leiden, noch bevor das Fest vorüber ist. Wir sollten das Fest genießen und uns dann unsere Trauer zugestehen, denn auch die wird rasch verfliegen.

Was ist das „Selbst"?

Seit Tausenden von Jahren fragen sich Philosophen, **was wir unter dem „Selbst" verstehen**. Woher wissen wir, was einen Menschen ausmacht? Ist ein Mensch im Alter dieselbe Person wie als Baby? Die Buddhisten zerbrechen sich darüber nicht den Kopf. Denn für sie stellt sich zunächst eine andere, viel wichtigere Frage: Gibt es so etwas wie das Selbst überhaupt?

Gibt es das Selbst?

Manche Philosophen unterscheiden zwischen Geist und Körper. Sie rätseln, ob Geist oder Seele nach dem Tod weiterleben. Andere behaupten, der Geist entstehe nur durch die Vorgänge im Gehirn. Wenn wir sterben und das Gehirn erlischt, erlischt auch der Geist. Beide Gruppen stimmen überein, dass es im Körper eine Seele oder ein „Selbst" gibt. Die Buddhisten glauben nicht daran. Für sie ist die Vorstellung von einer Seele ein Irrglaube.

Alles ändert sich

Buddha nahm an, wenn es ein Selbst gebe, müsse es konstant bleiben und dürfe sich im Lauf des Lebens nicht wandeln. Doch wenn wir uns anschauen, sehen wir, dass wir uns ständig verändern. Das betrifft nicht nur unseren Körper. Wir ändern unsere Überzeugungen und unsere Gedanken entwickeln sich von Tag zu Tag. Buddha zufolge bezeichnen wir uns als „Ich", weil es so einfacher ist, miteinander zu kommunizieren und uns im Leben zu orientieren.

Die Buddhisten glauben, dass wir uns wie Bäume ständig wandeln.

Wir können uns vorstellen, dass wir eine Ansammlung von Teilen sind, wie diese Uhr.

Das Selbst erklären

Diese Anekdote schildert, wie der Mönch Nagasena die Vorstellung des „Selbst“ erklärt: Er sagt dem König, dass es die Person Nagasena nicht gebe. Das überrascht den König. Er erwidert, Nagasena sei ein Name und Namen bezögen sich immer auf etwas. Wenn Nagasena kein Name sei, sei das Wort bedeutungslos. Der Mönch bittet den König zu erklären, was ein Wagen sei. Der König zählt die Teile eines Wagens auf. Nagasena bestätigt, dass dies Wagenteile seien, aber fragt, was genau nun der Wagen sei. Der König stellt fest, dass es losgelöst von den Teilen keinen Wagen gibt. Aber es sei hilfreich, dass jeder wisse, was mit dem Wort „Wagen“ gemeint sei. Genauso verhalte es sich mit dem Wort „Selbst“, erklärt Nagasena.

Können wir einen Wagen ohne dessen einzelne Teile beschreiben?

Nur Teile

Viele Philosophen nehmen an, dass jedes Individuum oder Selbst aus der Summe der Teile von Geist und Körper besteht. Dazu gehören Gefühle, Gedanken und Wünsche. Die Buddhisten glauben wiederum, dass es außer den Einzelteilen nichts gibt und kein „Selbst“ genanntes Ganzes existiert. Wenn man die Teile wegnimmt, bleibt nichts übrig.

WAS MACHT MICH AUS?

Plutarch

Der frühgriechische Historiker und Philosoph Plutarch schrieb über Geschichte und Berühmtheiten wie Alexander den Großen und Julius Cäsar. Zudem interessierte er sich für Identität, Moral (Verhaltensnorm) und dafür, wie sich der Charakter eines Menschen auf dessen Zukunft auswirkt.

Plutarch bei der Arbeit

um 46 Im griechischen Chaironeia in eine vermögende Familie geboren.

66–67 Studiert Mathematik und Philosophie an Platons Akademie in Athen.

um 70–75 Bereist Griechenland, Sparta, Alexandrien und Rom. Wird dort römischer Bürger und erhält den Namen Lucius Mestrius Plutarchus. Heiratet Timoxena, mit der er mindestens eine Tochter und vier Söhne hat.

um 75 Kehrt nach Chaironeia zurück. Wird Priester am Apollontempel in Delphi und sagt Menschen die Zukunft vorher.

um 96 Veröffentlicht sein erstes berühmtes Buch mit den Biografien der römischen Kaiser von Augustus bis Vitellius.

um 120 Stirbt in Delphi.

Das Schiff *des* Theseus

Wie viele Teile kann man von einem Objekt entfernen, bis das Objekt seine Identität verliert? Plutarch untersuchte die Frage anhand einer Legende um ein Schiff. Es gehörte Theseus, Held der griechischen Mythologie, der die Stadt Athen gründete. Die Legende wirft ein Problem auf, das die Philosophie seit Jahrhunderten beschäftigt.

Theseus wurde in Athen hoch verehrt. Als er nach einem Kriegszug heimkehrte, erachteten die Stadtbewohnern sein Schiff als so wertvoll, dass sie es aufbewahrten und instand hielten. Jahr für Jahr wurden alte, verfaulte Holzplanken durch neue ersetzt.

Plutarch stellte folgende Frage: Ist das reparierte Schiff dasselbe wie das, mit dem Theseus aufs Meer gefahren ist? Eine Planke auszuwechseln, macht vielleicht noch keinen Unterschied, aber wenn alle Planken ausgetauscht sind, ist das Schiff dann noch dasselbe?

Manche Philosophen argumentieren, dass das Schiff die Summe aller seiner Teile ist. Aber wenn das stimmt, dann wäre das Schiff, als es durch die raue See kleinere Teile verlor, bereits nicht mehr das Schiff des Theseus gewesen.

Andere behaupten, das Schiff sei das Schiff des Theseus aufgrund seiner Form. Wenn das der Fall ist, wäre jedes Schiff mit dem gleichen Bautyp das Schiff des Theseus, selbst wenn es aus Kunststoff wäre. Das bedeutet, es gäbe Hunderte oder gar Tausende solcher Schiffe, die man als Schiff des Theseus bezeichnen könnte. Aber das ist natürlich unmöglich, denn er segelte nur auf einem Schiff.

Wodurch können wir bestimmen, was genau ein Objekt ausmacht?

Wäre ein Schiff noch dasselbe, nachdem alle Originalteile durch neue ausgetauscht wurden?

Zwei Schiffe oder kein Schiff?

Wenn man aus den alten Planken von Theseus' Schiff ein neues Schiff bauen würde, wäre das dann das Schiff des Theseus? Es können nicht beide das Schiff des Theseus sein. Vielleicht ist es keines von beiden. Wann wurde das Schiff des Theseus dann zerstört?

Wäre ein neues Schiff aus den Teilen des alten das eigentliche Schiff des Theseus?

Denk mal darüber nach!

Identität

Bei der „Schiff des Theseus"-Legende geht es um Identität – wodurch wird etwas zu dem, was es ist? Das kann man auch in Bezug auf Menschen fragen. So verändert sich unsere Sicht auf uns selbst vielleicht nicht, obwohl unser Körper ständig neue Zellen und Blutkörper bildet. Wie die Planken vom Schiff des Theseus werden unsere Hautzellen alle sieben Tage, die übrigen Zellen alle sieben Jahre ausgetauscht. Sind wir trotzdem noch dieselbe Person? Und wenn ja, inwiefern?

Identische Menschen

Ebenso wie wir eine genaue Kopie von Theseus' Schiff anfertigen können, kann die Wissenschaft in Zukunft vielleicht Menschen klonen und eine Person erschaffen, die mit einer anderen identisch ist. Ist es möglich, in den Klon die Erinnerungen des Originals einzupflanzen? Und wer ist der Klon, wenn beide Menschen völlig identisch sind?

Was ist mit dem Bewusstsein?

Manche Philosophen argumentieren, dass sich Menschen von Schiffen unterscheiden. Eine Person ist mehr als Haut und Zellen, sie hat Vorstellungen, Gedanken und Erinnerungen. Doch wodurch sind wir uns sicher, dass eine Person im Lauf der Zeit dieselbe bleibt? Wodurch ist Sarah mit 8 die gleiche Person wie Sarah mit 98?

Leben *nach dem* Tod?

Wir sind die einzigen Lebewesen, die sich ihrer Sterblichkeit bewusst sind. Die Philosophen behaupten, wir wüssten nur mit Sicherheit, dass unser Körper eines Tages aufhört zu funktionieren. **Kann ein Teil von uns nach dem Tod weiterleben?** Diese Frage beschäftigt die Menschheit seit Tausenden Jahren. Wird die Philosophie sie je klären können?

Epikur nahm an, der Geist könne nicht ohne den Körper leben.

Sind Seelen unsterblich?

Einige Philosophen nehmen an, nur der ideelle Teil (der Geist oder die Seele) von uns sei wirklich und alles Wirkliche existiere ewig. Wenn „ich" also meine Gedanken bin und meine Gedanken ideell sind, dann bin ich wirklich und unsterblich. Da mein Körper materiell ist, wird er sterben. In manchen Kulturkreisen glaubt man, dass wir zum ideellen Teil eines Verstorbenen Kontakt aufnehmen können.

Alles vergeht

Viele glauben, der Geist sei Teil des Körpers und könne nach dessen Tod nicht weiterleben. Der frühgriechische Philosoph Epikur hielt diese Vorstellung für sehr beruhigend, da wir dadurch das Totsein nicht bewusst erleben können.

Manche Religionen bringen den Geistern Opfer dar. Diese Menschen in China zünden Kerzen, Räucherstäbchen und Papiergeld für ihre verstorbenen Verwandten an.

Der Geist währt ewig

Manche Philosophen glauben, dass Geist und Körper aus völlig verschiedenen Substanzen bestehen. Für sie ist der Körper eine Maschine, die irgendwann aufhört zu funktionieren und vergeht. Weil aber der Geist nicht aus fester Materie besteht, kann er ihrer Meinung nach unsterblich sein. Doch diese Philosophen können nicht erklären, wie Geist und Körper zusammenarbeiten. Diese Verbindung ist aber sehr wichtig. Geist und Körper mögen unterschiedlich sein, aber können sie auch ohneeinander existieren?

Kann der Geist ohne Körper weiterleben?

Viele Leben

Früher glaubten viele Menschen an Wiedergeburt. Dabei wird die Seele nach dem Tod in einem neuen Körper wiedergeboren. Solche Vorstellungen vertraten die Griechen, Ägypter, Kelten, Skandinavier, Indianer, Chinesen und viele Stämme Afrikas. Die Griechen nahmen an, dass die Menschen nach dem Tod in eine Unterwelt, den Hades, kommen und dann wiedergeboren werden. Nachdem sie diesen Kreislauf mehrmals durchlaufen haben, sind sie tugendhaft genug, um in den Olymp aufzusteigen.

Die Seele im Jenseits

Mehrere Weltreligionen lehren, dass die Seele nach dem Tod im Jenseits weiterlebt. Wie das aussieht, darüber herrschen verschiedene Meinungen. In vielen Religionen findet sich der Glaube, Gott werde über das irdische Leben eines Verstorbenen richten, bevor er dessen Seele in die Ewigkeit aufnimmt.

In den Himmel kommen

Die Christen glauben, ihre Seele komme nach dem Tod in den Himmel. Für manche existiert dieser Ort wirklich, für andere ist es kein Ort, sondern eine Art des Zusammenseins mit Gott. Auch die Muslime glauben, dass die Seele in den Himmel aufsteigt und dort in ewigem Frieden und Glück lebt.

Einswerden mit Brahman

Die Hindu glauben an die Wiedergeburt nach dem Tod. Sie hoffen, dass ihre Seele durch gute Taten aus diesem ewigen Kreislauf erlöst wird. Dann können sie eins werden mit *Brahman* (Kraft, die alles erhält).

Der Hindugott Shiva steht für den Kreislauf aus Tod und Wiedergeburt.

Denken *und* Fühlen

Unser Geist ist immer beschäftigt. Wir denken, um Probleme zu lösen, Entscheidungen zu treffen, und tauschen durch Sprache Ideen aus. Wir haben Gefühle, Hoffnungen und Träume.

Können wir **ohne Sprache** *denken?*

Menschen sind die einzigen Lebewesen, die sprechen und schreiben können. Durch Sprache können wir komplexe Ideen ausdrücken und über etwas nachdenken, das über unsere Sinneserfahrung hinausgeht. **Vielleicht beruht unser Denkvermögen auf Sprache.**

Vor dem Spracherwerb können Babys nicht logisch denken – sie denken in Bildern und Sinneseindrücken.

Denkweisen

Das Wort „denken" hat viele verschiedene Bedeutungen. Es gibt einen Unterschied zwischen einem einzelnen Gedanken oder Gefühl und einem logischen Gedankengang. So denken wir vielleicht, dass etwas gut schmeckt, aber das ist etwas anderes, als ein Problem zu durchdenken. Diese Form rationalen Denkens ist ohne Sprache nahezu unmöglich.

Sprachgebrauch

Durch gesprochene oder schriftliche Sprache können wir uns mit anderen austauschen. Wir können diskutieren, die Vorstellungen anderer akzeptieren oder ablehnen und selbst neue Ideen entwickeln. Mithilfe von Sprache kommunizieren wir auch mit uns selbst – wir führen einen inneren Monolog, um unsere Gedanken abzuwägen.

Durch Sprache kann eine Lehrerin ihren Schülern komplexe Ideen erklären und sie können ihr Fragen stellen.

In Bildern denken

Über manches können wir ohne Sprache nachdenken. Wenn wir uns eine Maschine und deren Funktionsweise vorstellen, denken wir gewöhnlich in Bildern. Bilder eignen sich oft besser als Sprache, wenn wir Sinnesempfindungen verarbeiten. Doch Bilder können keine abstrakten Begriffe wie „gut" oder „fair" transportieren. Es ist schwierig, eine Abhängigkeit wie „Jim kommt nicht, wenn es regnet" mit einem Bild auszudrücken. Um über komplexere Ereignisse nachzudenken, brauchen wir Sprache.

Ein Stummfilm kann eine einfache Handlung und sogar die Gefühle der Charaktere vermitteln, aber keine verzweigte Geschichte erzählen.

Wie denken Gehörlose?

Menschen, die von Geburt an taub sind, erwerben Sprache anders als Hörende. Sie können nicht einfach sprechen lernen, aber Zeichensprache sowie Lesen und Schreiben. Obwohl Gehörlose sich den Klang von Wörtern vielleicht nicht vorstellen können, wenn sie sich unterhalten oder einen inneren Monolog führen, gebrauchen sie doch Sprache. Sie benutzen zum Denken eine tonlose Sprachform, wie Hörende in gesprochener Sprache denken.

Fabelwesen wie das Einhorn entstanden, weil Menschen auf Reisen auf exotische Tiere trafen, die in ihrem Sprachraum nicht vorkamen.

Sprachgrenzen

Ohne Sprache wäre unser Denken auf unsere Sinneserfahrungen beschränkt. Die Sprache ermöglicht uns komplexe Gedankengänge. Doch manches lässt sich sprachlich nicht ausdrücken. Für etwas, dem wir nie begegnet sind, fehlen uns die Worte. Es ist nicht leicht, über etwas nachzudenken, was es in unserer Sprache nicht gibt. So haben Menschen, die in der Wüste leben, vielleicht kein Wort für „Schnee". Deshalb wäre es für sie schwierig, den Begriff „Schnee" zu beschreiben, selbst wenn sie das Phänomen erleben.

Sprachverständnis

Spracherwerb

Meistens wenden wir Sprache an, ohne darüber nachzudenken. Wir erwerben Sprache ganz natürlich in einem sehr frühen Alter. Der Philosoph und Psychologe Noam Chomsky (geb. 1928) spricht uns eine einzigartige, angeborene Fähigkeit zum Spracherwerb zu. Er erklärte, dass eine Katze, die der gleichen Sprache und Umgebung wie ein Baby ausgesetzt wird, niemals sprechen lernt wie ein Kind. Der Spracherwerb ist dem Menschen vorbehalten.

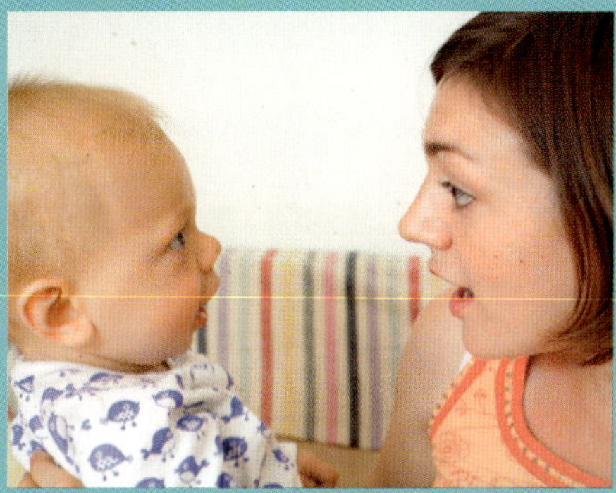

Nur Menschen sind wohl in der Lage, sprechen zu lernen.

Haben Tiere eine Sprache?

Tiere können nicht wie Menschen mit Worten kommunizieren. Doch sie können durch Laute und Zeichen Vorstellungen von „Gefahr" und „Nahrung" vermitteln. Für manche ist diese Verständigungsform keine Sprache, da man mit ihr keine komplexen Ideen ausdrücken kann.

Schimpansen kommunizieren miteinander durch Zeichen und Laute.

Logisches Denken *und* Argumentieren

Wenn Philosophen eine Theorie vorstellen, versuchen sie deren Wahrheitsgehalt zu beweisen. Sie entwickeln ihre Ideen, indem sie ein Problem durchdenken. Dann **präsentieren sie ihre Gedanken in einer logischen Form**. Sie zeigen die Schritte von ihrem Ausgangspunkt bis zur Schlussfolgerung – der neuen Theorie. Durch die Regeln der Logik können wir entscheiden, ob uns ein Argument überzeugt.

Diese Handschrift aus dem 13. Jh. zeigt Sokrates im Gespräch mit Schülern.

Erörtern

Der griechische Philosoph Sokrates verbrachte seine Zeit im Dialog mit anderen. Er stellte ihnen Fragen wie: „Was ist Gerechtigkeit?", als ob er nichts darüber wüsste. Dann untersuchte er die Antworten, wies darauf hin, wenn diese keinen Sinn ergaben, und fragte weiter. Durch solche Gedankengänge zeigte er, ob ein Argument stichhaltig ist.

Schlussfolgern

Eine Form des logischen Argumentierens besteht aus drei Aussagen – zwei Voraussetzungen und einer Schlussfolgerung. Die Voraussetzungen sind etwas, das wir sicher wissen. Davon leiten wir die Schlussfolgerung ab. So wissen wir, dass alle Katzen Tiere sind und alle Löwen Katzen. Daher können wir schlussfolgern, dass alle Löwen Tiere sind. Wenn sich dieser logische Schluss aus den beiden Voraussetzungen ergibt, sagt man, das Argument sei „gültig".

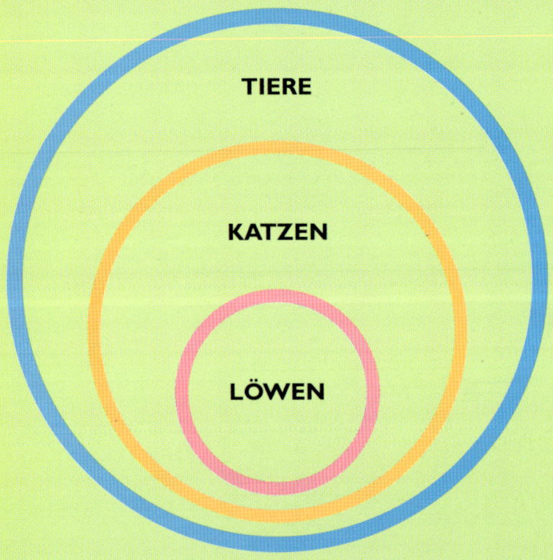

Deduktion

Manche Schlussfolgerungen gehen von Voraussetzungen in Form einer allgemeinen Regel und einer gegebenen Bedingung aus. So können wir aus der Regel „Alle Affen essen Bananen" und der gegebenen Bedingung „Fips ist ein Affe" ableiten, dass Fips Bananen isst. Das ist ein „deduktives" Argument. Wenn die beiden Voraussetzungen korrekt sind, kann daraus eine wahre Schlussfolgerung gezogen werden.

Wahrscheinlichkeit

Nicht alle logischen Argumente führen zu einer eindeutigen Schlussfolgerung. Manche zeigen nur, ob etwas wahrscheinlich wahr ist. Viele Argumente enthalten eher Wörter wie „manche" und „meistens" als „alle". So wissen wir, dass die meisten Tennisspieler Rechtshänder sind und Anna Tennis spielt. Daher ist es wahrscheinlich, dass Anna Rechtshänderin ist, doch es muss nicht sein.

Ausnahmen von der Regel

Wenn wir von einem speziellen Fall eine allgemeine Regel ableiten, sprechen wir von „Induktion". So haben wir viele Katzen mit Schwanz gesehen. Das heißt aber nicht, dass alle einen haben. Es könnte auch eine schwanzlose Katze geben. Wahrscheinlich wird die nächste Katze, der wir begegnen, einen Schwanz haben, aber wir können es nicht mit Sicherheit sagen.

Das Problem mit Schlussfolgerungen

Forscher entwickeln durch logisches Denken Theorien. Sie beobachten und experimentieren. Tritt ein Phänomen wiederholt auf, leiten sie davon eine allgemeine Regel ab. Nachdem sie Hunderte weiße Schwäne gesehen haben, könnten Forscher zu dem Schluss kommen, dass alle Schwäne weiß sind. Aber das ist nur eine Theorie, die nicht unbedingt wahr ist. Ein einziger schwarzer Schwan widerlegt sie. Der britische Philosoph österreichischer Herkunft Karl Popper (1902–1994) sagte, damit eine Theorie wissenschaftlich sei, müsse sie widerlegbar sein. Ist sie das nicht, ist sie nicht wissenschaftlich.

Zwei Formen der Wahrheit

Philosophen beweisen den Wahrheitsgehalt einer Aussage durch logische Argumente. Doch der schottische Philosoph David Hume (1711–1776) und der deutsche Philosoph Gottfried Wilhelm Leibniz (1646–1716) behaupteten, es gebe mehrere Arten von Wahrheit. Manche Aussagen lassen sich durch einfaches Nachdenken verifizieren, etwa dass ein gleichseitiges Dreieck drei gleiche Seiten und Winkel haben muss. Doch manche Aussagen können wir nur bestätigen, indem wir sie überprüfen, wie: „Jakob lebt in München."

Denken wir wie **Computer?**

Mit moderner Technik bauen wir Maschinen und Computer, die fast alles können, was wir können – und manchmal besser und schneller. Oft scheinen sie denken zu können und sogar eine Persönlichkeit zu haben. Doch wir wissen, dass sie nicht wie wir sind. **Wovon unterscheidet sich unser Denken von der Funktionsweise einer Maschine?** Vielleicht haben wir etwas wie einen Geist oder eine Seele, etwas, das nur uns vorbehalten ist.

Befehlen folgen

Wir haben Roboter entwickelt, die für uns arbeiten und manchmal sogar wie wir aussehen. Aber Roboter können nur das tun, wofür sie programmiert sind. Manche scheinen menschlich zu denken – sie treffen Entscheidungen und reagieren auf uns. Aber kann eine Maschine wirklich wie wir denken? Kann sie bewusste Gefühle und Erfahrungen haben, wenn sie nur einem Programm folgt?

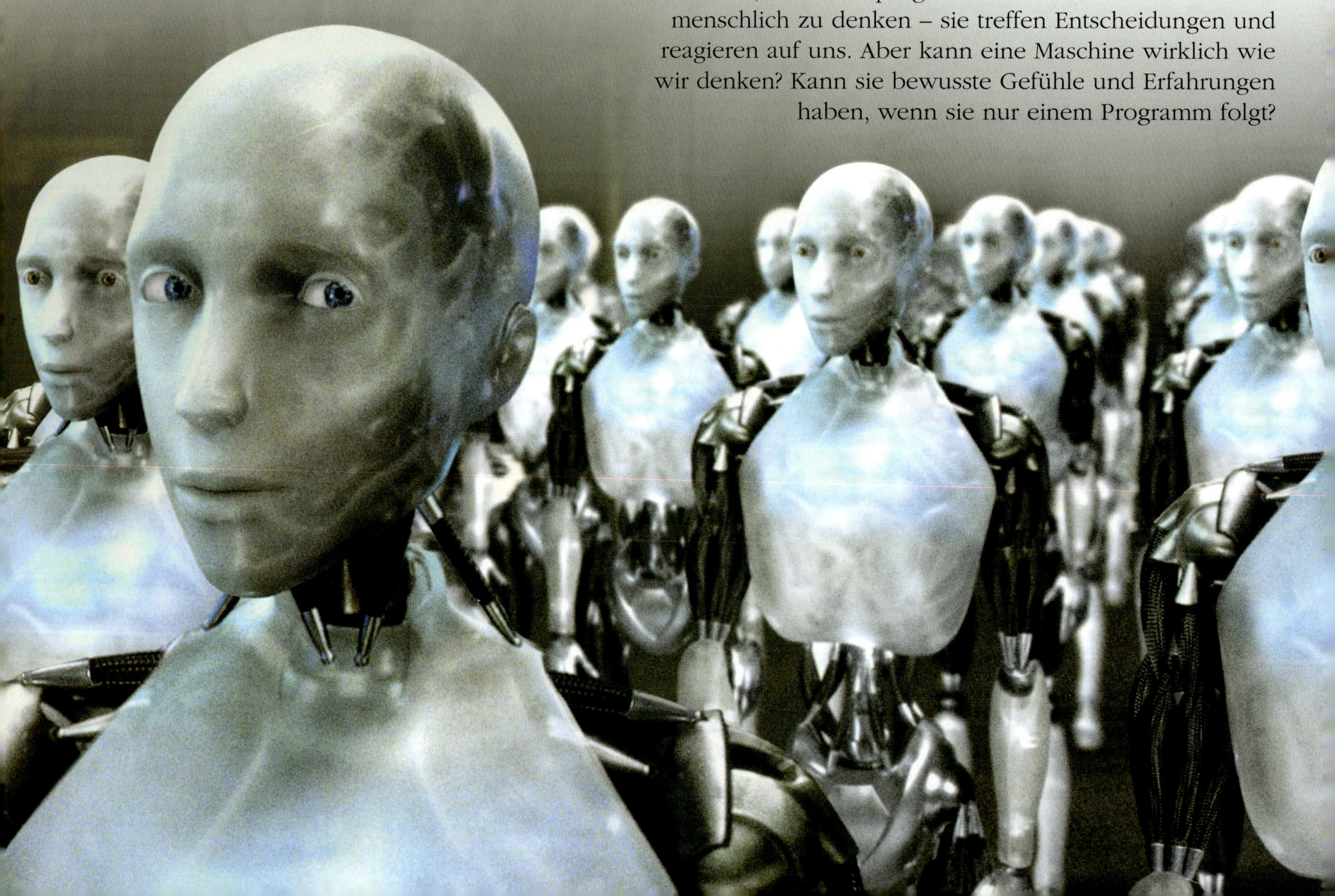

In Science-Fiction-Büchern und -Filmen haben Roboter oft eine Persönlichkeit. Aber haben sie auch einen Geist?

Ein philosophischer Zombie verhält sich wie wir, hat aber keine Gefühle.

Der Zombie in der Philosophie

Philosophen sprechen gern von „Zombies". Damit meinen sie aber nicht die Wesen aus Horrorfilmen. Philosophische Zombies schauen aus und verhalten sich wie normale Menschen. Wenn man sie verletzt, schreien sie „Au!". Doch sie fühlen nichts, weil sie keinen Geist haben. Roboter und Maschinen sind so eine Art philosophische Zombies – wie schlau sie auch sein mögen, sie haben doch keine Gefühle wie wir.

Der Geist in der Maschine

Manchmal glauben wir fälschlich, Computer könnten selbstständig denken. Philosophen zufolge machen wir damit ein „Gespenst in der Maschine" aus, einen Geist, wo keiner ist. Doch einige Philosophen vergleichen unser Gehirn mit einem hochkomplexen Computer. Wenn Computer keinen Geist haben, woher wissen wir dann, dass wir einen haben?

Computer können den Anschein von Bewusstsein erwecken. Erzeugen unsere Gehirne dieselbe Illusion?

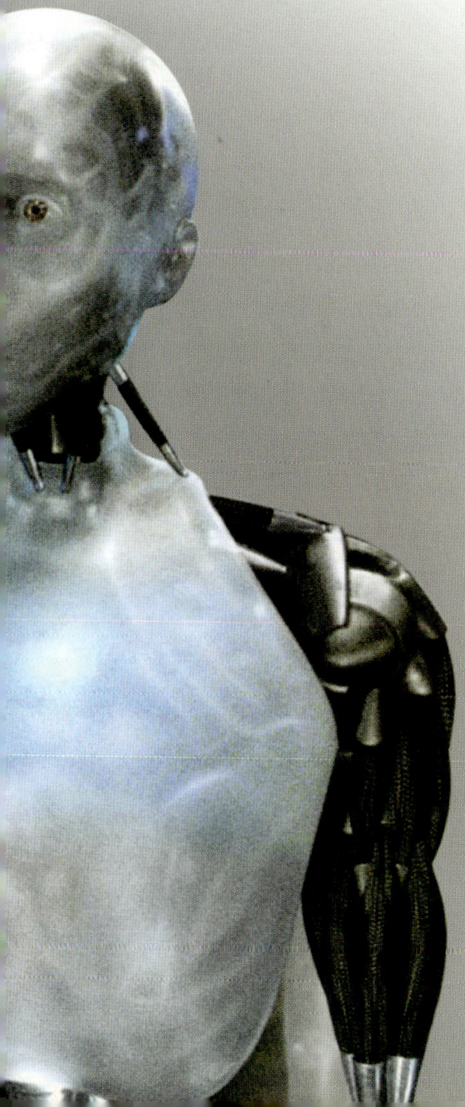

Sind Tiere Automaten?

Lange Zeit nahmen Philosophen an, dass wir Menschen uns von Tieren unterscheiden, weil wir einen Geist haben und Tiere nicht. René Descartes behauptete, Tiere könnten nicht logisch denken wie wir. Sie haben weder Geist noch Gefühle, sondern sind Automaten, die sich nur ihrer unmittelbaren Handlung bewusst sind. Doch im 19. Jh. zeigte Charles Darwin, dass Menschen hoch entwickelte Tiere sind. Von da an sprach man auch Tieren Gefühle zu.

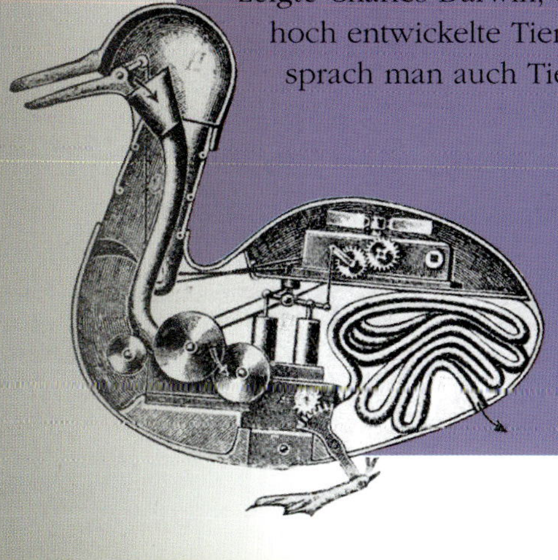

Haben Tiere Gefühle oder sind sie bloß Automaten?

Die Entstehung von Computern

1822 Charles Babbage erfindet die erste mechanische Rechenmaschine, die „Differenzmaschine".

Babbages „Differenzmaschine"

1880er-Jahre Herman Hollerith entwickelt eine Methode zur Speicherung von Daten auf maschinenlesbaren Lochkarten – der erste „Computerspeicher".

1940er-Jahre In Großbritannien erscheint der erste elektronische, digital programmierbare Computer Colossus. Ihm folgt der ENIAC-Computer in den USA. Nun können Computer Berechnungen anstellen.

1960er-Jahre Computer werden kleiner und leistungsstärker durch die Erfindung integrierter Schaltkreise oder „Mikrochips". Sie können nun die verschiedensten Aufgaben bewältigen.

2014 Google bringt Google Glass auf den Markt, einen tragbareren Miniaturcomputer.

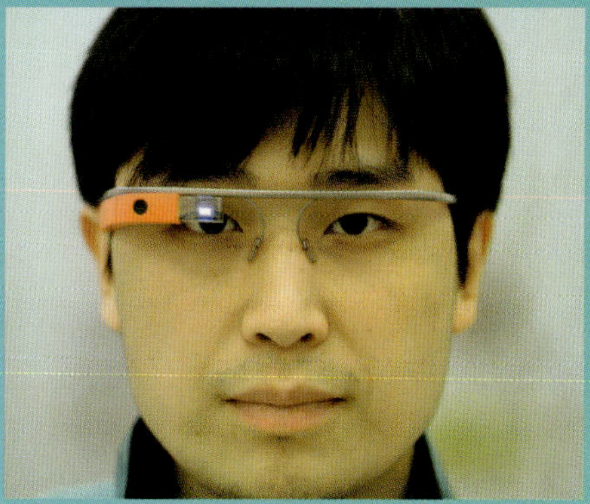

Google Glass funktioniert innerhalb unseres Sichtfelds. Vielleicht sind Computer eines Tages die Erweiterung unseres Geistes.

Das Chinesische *Zimmer*

Seit der Erfindung von Computern stellt sich die Frage, ob Maschinen denken können. Der US-amerikanische Philosoph John Searle glaubt nicht, dass jemand eine denkende Maschine bauen kann. Mit dem Gedankenexperiment „Chinesisches Zimmer" zeigt er, **wie wir dem Irrtum aufsitzen, ein Computer sei wirklich intelligent.** Dabei demonstriert er, wie auch Menschen so wirken können, als handelten sie bewusst, wenn sie einfach nur Befehlen folgen.

Bei Searles Gedankenexperiment müssen wir uns einen Mann in einem Zimmer vorstellen, der kein Wort Chinesisch spricht. Er hat einen Satz Karten mit chinesischen Schriftzeichen und eine Anleitung dazu in seiner Muttersprache. Dann bekommt er von einer Person außerhalb des Zimmers weitere Karten mit chinesischen Schriftzeichen. Das sind Fragen, die der Mann beantworten muss. Mithilfe der Anleitung findet er heraus, auf welchen seiner Karten die richtige Antwort steht. Dabei hat er natürlich keine Ahnung, was die chinesischen Schriftzeichen bedeuten. Für ihn sind sie nur Formen und Muster. Doch die Karten, die er der Person außerhalb des Zimmers schickt, ergeben sinnvolle Antworten. Für jemanden außerhalb des Zimmers, der Chinesisch kann, muss es so wirken, als würde der Mann im Zimmer die Sprache perfekt beherrschen und könnte die Fragen mühelos beantworten. Dabei ist er, wie wir wissen, der chinesischen Schriftzeichen nicht mächtig und kann daher weder die Fragen noch seine darauf gegebenen Antworten lesen. Er ist einfach nur der Anleitung gefolgt.

Genauso verhält es sich mit einem Computer. Die Art, wie eine Maschine auf Daten reagiert, kann uns zu der Annahme verleiten, sie handelte bewusst und könnte denken. Doch wie der Mann im Chinesischen Zimmer befolgt die Maschine nur Anweisungen in Form eines Computerprogramms, das jemand mit einem echten Gehirn geschrieben hat. Damit zeigt Searle uns, dass zum Denken und Verstehen mehr als das Verarbeiten von Daten gehört.

Für den Mann im Chinesischen Zimmer haben die Zeichen auf den Karten keine Bedeutung. Doch die muss er auch nicht kennen. Solange er die richtige Anleitung hat, kann er die Fragen korrekt beantworten.

„Denkende" Maschinen

Der Turing-Test

Der Mathematiker Alan Turing erfand einen Test, um die Intelligenz von Maschinen zu prüfen. Dabei stellt eine Person einem Computer und einer weiteren Person schriftliche Fragen. Zu beiden hat sie keinen Sichtkontakt. Wenn sie die ebenfalls schriftlichen Antworten keinem Testkandidaten eindeutig zuordnen kann, hat der Computer den Test bestanden.

Alan Turing (1912–1954) war ein Pionier der Informatik und künstlichen Intelligenz.

Künstliche Intelligenz

Das Forschungsgebiet Künstliche Intelligenz (KI) entstand in den 1950er-Jahren, als man die Leistungsfähigkeit moderner Computer erkannte. Ziel der Forscher und Entwickler ist es, „intelligente" Maschinen zu bauen, die menschliches Denken imitieren. Einige Wissenschaftler glauben, eines Tages könnten Computer menschliche Gehirne übertreffen. Andere halten das für unmöglich.

Wir können Roboter bauen, die uns nachahmen und manches sogar besser können als wir.

Heute gibt es Computerprogramme, die beim Schach gegen die besten Spieler der Welt gewinnen.

Komplexe Spielzüge

Schach erfordert Geschick und Intelligenz. Die Regeln des Spiels sind einfach, aber es gibt eine fast unendliche Anzahl möglicher Züge. Wir können einem Computer „beibringen", den Regeln zu folgen und Züge aus dem Speicher auszuwählen. Er kann sogar so programmiert werden, dass er mehrere Züge im Voraus plant. Doch viele Menschen glauben, dass ein Computer niemals ein „Gefühl" für das Spiel erwerben kann, wie es Schachexperten haben.

Denk mal darüber nach!

Können Maschinen Gefühle haben?

Searles Experiment zeigt, dass eine scheinbar denkende Maschine einfach nur Daten verarbeitet, mit denen sie gefüttert wird. Computer können so programmiert werden, dass sie Gefühle vortäuschen. Beispielsweise kann man eine Maschine „Au!" schreien lassen, wenn sie geschlagen wird, obwohl sie keinen echten Schmerz spürt.

Ist unser Gehirn eine Maschine?

Die Computerwissenschaft hilft uns, unser Denken zu verstehen. Unser Gehirn arbeitet wie ein Prozessor und wird auch als eine Art „biologischer Computer" bezeichnet. Computer können manches schneller und besser als wir, etwa komplizierte Berechnungen anstellen. Und doch spüren wir, dass unser Gehirn mehr als nur eine Maschine ist. Warum? Weil wir uns unserer Gedanken und Gefühle bewusst sind? Oder weil wir kreativ sind und schlaue Ideen entwickeln? Liegt das daran, dass wir neben dem Gehirn auch einen Geist haben?

Kann man eine Maschine bauen, die wie wir denkt?

Selbst die raffiniertesten Maschinen sind sich der in ihnen ablaufenden Vorgänge nicht bewusst. Es gibt Computer, die Bilder scannen und Gesichter erkennen und doch nicht sehen können wie wir. Vielleicht bauen wir bald Maschinen, die fast alles können, was wir können. Doch ein wirkliches Denkvermögen werden sie vermutlich niemals haben. Und falls doch, wie ließe sich das überprüfen?

Sind Wörter Zeichen?

Sprache ist ein wichtiger Teil unseres Alltagslebens. Mit ihr kommunizieren wir miteinander und denken nach. Wir drücken Gedanken aus und beschreiben Objekte und Vorstellungen. **Doch Sprache ist nur sinnvoll, wenn die verwendeten Wörter für uns eine Bedeutung haben.** Aber wodurch erhalten die Wörter, die wir sagen und schreiben, eine Bedeutung?

Das Mädchen weist das eingeprägte Lautbild „Luftballons" dem Objekt in ihrer Hand zu.

Wort und Bedeutung

Beim Reden und Schreiben benutzen wir Wörter. Jedes Wort hat für uns eine Bedeutung. Doch viele Philosophen glauben, das Wort an sich habe keine. Ihnen zufolge sind Wörter nur Laute oder Striche. Aber jedes Wort ist ein Zeichen, das ein Objekt oder eine Vorstellung repräsentiert. Wenn wir das Wort hören oder sehen, denken wir an das, wofür es steht.

Zeichensystem

Der US-amerikanische Philosoph C. S. Peirce (1839–1914) behauptete, ein Wort sei für uns ein Zeichen, das ein Objekt repräsentiere. Der Schweizer Philosoph Ferdinand de Saussure (1857–1913) entwickelte davon ausgehend die These, dass wir uns das Lautbild von Wörtern einprägen. Ein Lautbild steht für eine bestimmte Vorstellung. Das sprachliche Zeichen (Wort) ist die Verbindung zwischen Lautbild und Vorstellung.

Dieses Verkehrszeichen repräsentiert das Gleiche wie die Wörter „Verbot der Einfahrt".

Sprachunterschiede

Objekte oder Lebewesen haben in den verschiedenen Sprachen meistens verschiedene Bezeichnungen. Wenn wir das Wort „Hund“ hören, wissen wir, was gemeint ist. Wir verbinden es mit der Vorstellung „Hund“ in unserem Kopf. Für jemanden, der kein Deutsch spricht, ist das Wort „Hund“ bedeutungslos, ebenso wie für uns die Wörter „dog“ oder „chien“, wenn wir kein Englisch oder Französisch können. Wörter haben keine Bedeutung, wenn wir ihnen keine Vorstellung zuordnen können.

Für jemanden, der deutsch spricht, ist das ein „Hund“. Für andere ist es ein „perro“ (spanisch), ein „dog“ (englisch), ein „chien“ (französisch) oder ein „gou“ (chinesisch).

Die Welt abbilden

Durch Sprache können wir unsere Umwelt verstehen. Wir beschreiben damit unsere Erfahrungen und setzen alle Eindrücke zu einem „Bild“ in unserem Kopf zusammen. Doch die geistigen Abbilder der Welt sind auf das beschränkt, was wir durch Sprache ausdrücken können. Es kann mehr in der Welt geben, als wir beschreiben können. Wir erfahren es nur, wenn es uns tatsächlich begegnet.

Wir können diesen Ort beschreiben. Doch das dadurch hervorgerufene Bild in unserem Kopf wird nie so genau sein wie eine Fotografie des Orts oder der Ort selbst.

Sprache und Philosophie

Die Philosophie beschäftigt sich mit logischem Denken. Weil wir unsere Gedanken und Ideen durch Worte ausdrücken, interessieren sich viele Philosophen für die Funktionsweise von Sprache und die Bedeutung von Wörtern.

Logik und Sprache

Sprache ist besonders für die Logik bedeutend, da philosophische Theorien meistens verbal ausgedrückt werden. Philosophen wie der Engländer Bertrand Russell (1872–1970) und der Österreicher Ludwig Wittgenstein (1889–1951) sagten, um ein Argument beurteilen zu können, müssten wir sorgfältig dessen sprachliche Formulierung analysieren und deren Bedeutung aufdecken.

Sprachphilosophie

Für manche Philosophen ist Sprache nicht nur ein Kommunikationsmittel für Ideen. Die Philosophen C. S. Peirce und Ferdinand de Saussure entwickelten Theorien über die Bedeutung und Interpretation von Wörtern und begründeten so die Disziplin der Sprachphilosophie.

Ferdinand de Saussure

Biografie

1889 Im österreichischen Wien geboren.

1908 Geht nach Manchester, um Ingenieurswesen zu studieren.

1911 Interessiert sich für Logik und zieht ins britische Cambridge.

1918 Dient in der österreichischen Armee im Ersten Weltkrieg. Gerät in Gefangenschaft. Beginnt die Arbeit am ersten Buch *Logisch-philosophische Abhandlung*.

1921 *Logisch-philosophische Abhandlung* wird veröffentlicht. Als Schullehrer ausgebildet. Lehrt in Österreich.

Das Haus Wittgenstein in Wien

1926 Baut mit dem Architekten Paul Engelmann ein Haus für seine Schwester.

1929 Kehrt nach Cambridge zurück und befasst sich wieder mit Philosophie.

1939 Wird Professor an der Universität Cambridge.

1951 Stirbt an Krebs. Sein zweites Buch *Philosophische Untersuchungen* wird 1953 veröffentlicht.

Ludwig Wittgenstein

„Die Grenzen meiner Sprache bedeuten die Grenzen meiner Welt."

Ludwig Wittgensteins Bücher über Logik, Denken und Sprache zählen zu den **einflussreichsten philosophischen Werken des 20. Jh.** Doch Wittgenstein war nicht zeitlebens Philosoph. Nach seinem ersten Buch wandte er sich von diesem Forschungsgebiet ab und arbeitete als Architekt, Lehrer und Gärtner. Dann kehrte er zur Philosophie zurück und schrieb sein zweites Buch, *Philosophische Untersuchungen*.

Anfangsjahre

Wittgenstein war das jüngste von acht Kindern einer wohlhabenden Familie und stand seinen Geschwistern zeitlebens nahe. Ihr Vater war ein reicher Industrieller, der streng und schwierig im Umgang war. Wittgenstein ging nach England, um Ingenieurswesen zu studieren. Später studierte er in Cambridge Mathematik und Logik bei dem britischen Philosophen Bertrand Russell (1872–1970). Während dieser Zeit entdeckte Wittgenstein sein Interesse für Philosophie.

Die Wittgensteins förderten die Wiener Kunst und Kultur.

Sprache und Welt

Die *Logisch-philosophische Abhandlung* war Wittgensteins erstes bedeutendes Werk. Er schrieb es als Soldat im Ersten Weltkrieg. Es beschäftigt sich mit Sprache, Logik und der Verbindung zwischen Sprache und Welt. Wittgenstein sagte, wir könnten nur über Dinge schreiben oder reden, die erfahrbar sind. Er erklärte, eine Aussage sei bedeutungslos, wenn die Worte in keinem klaren Zusammenhang zu dem stehen, was wir in unserer Umwelt erleben.

Spätere Jahre

Wittgenstein glaubte, mit seinem ersten Buch alle philosophischen Fragen geklärt zu haben, und wandte sich anderem zu. Doch 1929 kehrte er nach Cambridge zurück und begann, die *Philosophischen Untersuchungen* zu schreiben, die nach seinem Tod veröffentlicht wurden. In diesem Buch änderte er seine Ansicht über Sprache. Er sagte, wir wendeten Sprache auf vielfältige Art an, nicht nur logisch oder wissenschaftlich, und jeder Sprachgebrauch folge eigenen Regeln.

Wittgenstein war zunächst Student, später Professor für Philosophie am Trinity College in Cambridge.

Die Bedeutung von Wörtern

Wittgenstein entwickelte das Käfer-Gleichnis, um die Beziehung zwischen Wörtern und dem, worauf sie sich beziehen, sowie öffentlicher und Privatsprache zu untersuchen. Angenommen, mehrere Personen haben eine Schachtel, in der etwas (oder vielleicht auch nichts) ist. Jeder bezeichnet den Inhalt seiner Schachtel als „Käfer". Keiner kann in die Schachtel eines anderen schauen. Jede Person glaubt durch den Anblick des Käfers in der eigenen Schachtel zu wissen, was ein Käfer ist. Für jede Person ist die Bedeutung von „Käfer" „das Ding in meiner Schachtel". Doch wie können wir wissen, was sie als Käfer bezeichnen?

Woher weiß ich, ob ich **wach** *bin oder* **träume?**

Träume faszinieren die Menschheit schon immer. Wie das Denken vollzieht sich das Träumen im Geist, aber nur wenn wir schlafen. **In unseren Träumen nehmen wir Dinge wahr, die eigentlich nicht geschehen** und doch wirklich erscheinen. Aber wenn sich Träume real anfühlen, woher wissen wir dann, wann wir wach sind und wann wir träumen?

Sagengestalten wie der Phönix sind Geschöpfe unserer Fantasie.

Vorstellungskraft

Wir müssen nicht schlafen, um im Geist etwas zu erleben, das nicht real ist oder nicht in diesem Moment geschieht. Wir haben Erinnerungen an vergangene Ereignisse und unsere Vorstellungskraft lässt Ideen entstehen. Im Gegensatz zum Träumen können wir im wachen Zustand unsere Fantasie steuern. Aber wenn wir ihr freien Lauf lassen, sorgt sie manchmal für neue, aufregende Einfälle.

Unsere Wahrnehmungen und Emotionen im Traum können sich sehr echt anfühlen.

Träume

Im Traum haben wir gleiche Wahrnehmungen und Gefühle wie im Wachzustand. Doch wir können seltsame Erlebnisse haben, die den Regeln der Wirklichkeit entgegenlaufen. So können wir vielleicht fliegen, sehen Ungeheuer und sprechen mehrere Sprachen. Unser Gehirn denkt nicht logisch, wenn wir schlafen, und wir können unsere Träume nicht beeinflussen.

Bewusstsein im Schlaf?

Der US-amerikanische Philosoph Norman Malcolm (1911–1990) formulierte einen Glaubenssatz der Traumforschung: Wenn wir fest schlafen, haben wir keinerlei Empfindungen. Und wenn wir irgendeine Form von Bewusstsein haben, schlafen wir nicht fest. Heute aber wissen wir, dass wir in manchen Schlafphasen nicht ohne Bewusstsein, sondern fast wach sind und bewusste Empfindungen haben.

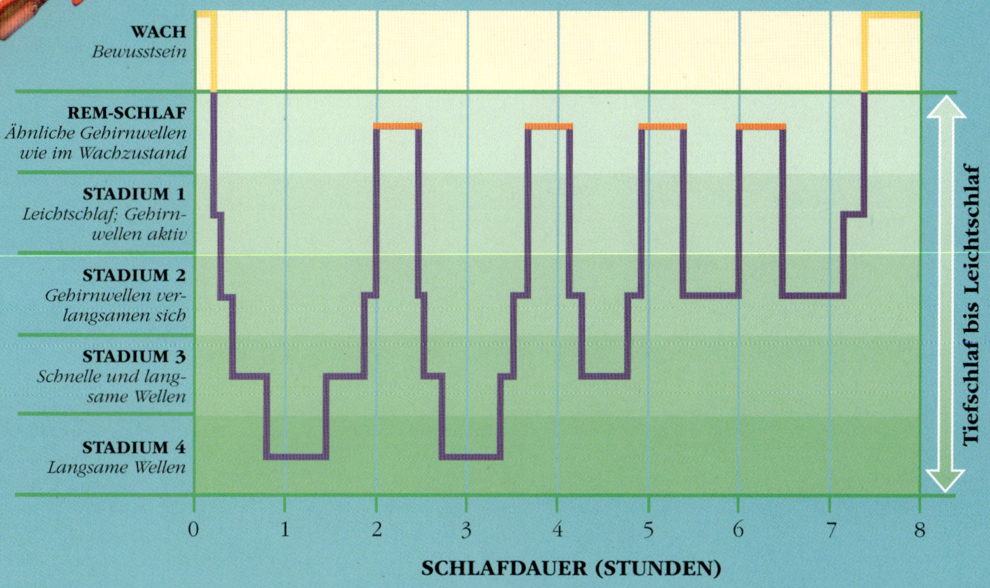

Nachts durchlaufen wir mehrere Schlafphasen. Im Tiefschlaf verringern sich unsere geistigen Aktivitäten und nehmen im Leichtschlaf (REM-Schlaf) wieder zu. Dann haben wir Träume, an die wir uns erinnern.

Eine andere Realität?

Oft scheinen uns Träume in eine andere Welt zu entführen. Der Forschung zufolge sind wir im Traum nicht völlig ohne Bewusstsein, sondern erleben eine andere Form davon. Die Ereignisse im Traum wirken real und wir merken erst beim Aufwachen, dass wir geträumt haben. Doch sind Träume deshalb nicht real oder sind sie nur eine andere Art von Realität?

Könnte etwas Wahres an deinem Traum sein, ein Superheld zu sein?

Verschiedene Träume

Zhuangzis Traum

Der chinesische Philosoph Zhuangzi (369–286 v. Chr.) berichtete, wie er davon träumte, ein Schmetterling zu sein. In dem Traum wusste der Schmetterling nichts von Zhuangzi. Als er aufwachte, war Zhuangzi wieder er selbst. Doch als er darüber nachdachte, war er sich nicht mehr sicher, ob er ein Mann war, der geträumt hatte, ein Schmetterling zu sein, oder ob er ein Schmetterling war, der gerade davon träumte, ein Mann zu sein. Zhuangzi sagte, erst nach dem Erwachen merkten wir, dass wir geträumt haben.

Zhuangzi glaubte, das Leben sei vielleicht nur ein Traum, aus dem wir eines Tages erwachen.

Wie träumen Blinde?

Die meisten erinnern sich in ihren Träumen an etwas, das sie gesehen haben. Doch Menschen, die von Geburt an blind sind, träumen von Dingen, die sie hören, berühren und riechen können. Blinde und Sehende haben Emotionen im Traum, wie Angst oder Freude, und Empfindungen, wie beispielsweise zu fallen. Das liegt daran, dass unsere Träume auf unseren Erlebnissen im Wachzustand basieren.

Was ist **Glück?**

Das Glück ist verschiedener Natur. Wir empfinden Freude, wenn wir essen, trinken, uns warm ist und wir es gemütlich haben. Auch unsere Lieblingsbeschäftigung macht uns Spaß. **Es kann uns auch glücklich machen, anderen zu helfen** und zu wissen, dass wir Gutes tun. Manche Empfindungen wie Schmerz, Trauer und Angst trüben unser Glück, doch wenn wir sie überwinden, kehrt auch die Fröhlichkeit zurück.

Gutes tun

Viele frühgriechische Philosophen glaubten, wir könnten nur glücklich sein, wenn wir ein gutes, rechtschaffenes Leben führen. Dazu gehörte für sie nicht nur unseren Lieblingsbeschäftigungen nachzugehen, sondern auch Gutes zu tun. Daraus ziehen wir eine andere Art von Freude. Sie erfüllt uns mit Zufriedenheit über unseren Lebenswandel.

Der indische Freiheitskämpfer Mahatma Gandhi (1869–1948) widmete sein Leben guten Taten.

Lebensfreude

Jeder möchte gut leben und glücklich sein. Der griechische Philosoph Epikur sagte, Freude und Leid seien das Maß für Glück und Unglück. Gut ist, was wir mögen, und schlecht, was uns Schaden zufügt. Um ein gutes Leben zu führen, müssen wir nach dem suchen, was uns mit Freude erfüllt, und das meiden, was uns leiden lässt.

Für Epikur finden wir Lebensfreude durch die Überwindung von Leid.

Zufriedenheit

Für manche Philosophen beruht Glück in der Erfüllung von Bedürfnissen. So essen wir, wenn wir hungrig sind, oder treffen Freunde, wenn wir einsam sind. Andere glauben, wahres Glück liege nicht in der Befriedigung einzelner Bedürfnisse, sondern in der Zufriedenheit mit dem gesamten Leben.

Das einfache Leben

Für Stoiker, eine Gruppe griechischer Philosophen, finden wir Glück im einfachen, natürlichen Leben. Sie lehnten es ab, nach Reichtum, Ruhm und Macht zu streben. Ihnen zufolge müssen wir lernen, Dinge hinzunehmen, die wir nicht ändern können. Wir müssen uns an dem festhalten, was gut ist im Leben, und uns nicht von schlechten Ereignissen die Freude verderben lassen.

Viele Menschen sind glücklich, wenn sie sich mit der Natur beschäftigen und mit der Familie zusammen sind.

Unglücklich sein

Wir alle möchten am liebsten immer glücklich sein, aber das geht nicht. Es ist normal, Schmerz zu empfinden, wenn wir verletzt sind, oder traurig zu sein, wenn etwas Schlimmes passiert ist. Wer das Unglück kennt, weiß das Glück mehr zu schätzen. Für ein erfülltes Leben ist es wohl wichtig, alle Gefühle zu erleben.

Extremsport wie Fallschirmspringen kann sehr aufregend sein.

Nervenkitzel

Manchmal macht uns das Außergewöhnliche glücklich. Was manche mit Angst erfüllt, finden andere aufregend. Vielen gefällt ein gelegentlicher Nervenkitzel. So mögen wir vielleicht gruselige Filme oder gefährliche Sportarten. Selbst in Extremsituationen gefällt uns die Herausforderung und wir sind stolz darauf, unsere Angst überwunden und etwas Schwieriges geschafft zu haben.

Die „Erfahrungsmaschine“

Der Philosoph Robert Nozick (1938–2002) fragte sich, ob wir tatsächlich immer glücklich sein wollen. Angenommen, wir könnten uns an eine Maschine anschließen, in der es warm und gemütlich ist und es keine unangenehmen Ereignisse gibt. Unserem Gehirn würden nur schöne Erlebnisse vorgegaukelt, wie Schokolade zu essen oder über eine Blumenwiese zu laufen. Würden wir uns für die „Erfahrungsmaschine“ anstelle des wahren Lebens entscheiden, in dem es nicht immer so freudvoll zugeht?

Warum *gibt es* Leid?

Keiner hat gern Schmerzen oder ist unglücklich. Aber **es geht uns allen einmal schlecht** und es gibt immer Menschen in der Welt, denen Leid widerfährt. Zuweilen wird es von anderen verursacht, zuweilen von der Natur. Manche Not lässt sich lindern, doch die Welt wird wohl nie frei davon sein. Vielleicht gehört das Leid ebenso wie das Glück zu unserem Leben?

Gut und Böse

Unsere Vorstellung von Gut und Böse hängt mit unserer Vorstellung von Freude und Leid zusammen. Wir empfinden etwas als gut, wenn es uns glücklich macht, und etwas als schlecht, wenn es uns unglücklich macht. Von einem Menschen heißt es, er sei böse, wenn er andere verletzt oder bestiehlt. Doch auch Überschwemmungen und Erdbeben verursachen Leid. Kann man Naturerscheinungen daher als „böse" bezeichnen?

Wenn eine Naturkatastrophe wie ein Erdbeben eintritt, fragen sich religiöse Menschen oft, warum Gott das zugelassen hat.

Das Problem des Bösen

Viele Menschen glauben an Gott. Sie halten ihn für gut, liebevoll und allmächtig. Doch in der Welt geschehen schreckliche Dinge und manche Menschen verhalten sich schlecht. Warum lässt Gott das zu? Wenn er gut ist, will er das Böse verhindern. Wenn er allmächtig ist, ist er dazu auch in der Lage. Wenn Gott also gut und allmächtig ist, warum gibt es dann Leid in der Welt?

Die beste aller möglichen Welten

Der deutsche Philosoph Gottfried Wilhelm Leibniz (1646–1716) versuchte, die Frage nach dem Bösen zu beantworten. Er sagte, Gott habe die Welt geschaffen. Da er allmächtig ist, konnte er die Welt nach seinen Wünschen gestalten. Und weil er gut ist, entschied er sich für die beste aller möglichen Welten – also die, in der wir nun leben. Wenn aber das Leid in der besten aller möglichen Welten existiert, dann gibt es keine Welt, die frei davon ist.

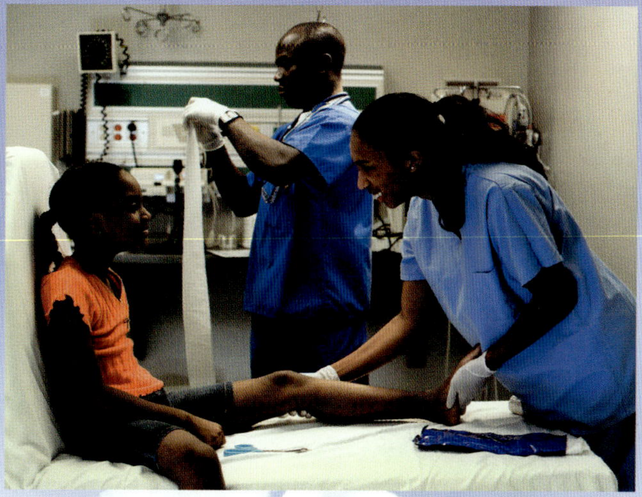

Indem man anderen Menschen hilft, kann man Leid lindern und auch selbst Glück erfahren.

Ist Leid notwendig?

Viele Menschen glauben, Leid sei unvermeidbar. Aber auch einige Philosophen finden, dass das Leid notwendig ist und es einen Grund dafür gibt, warum es uns manchmal schlecht geht. Indem wir anderen in ihrer Not beistehen und eigene Krisen überwinden, geben wir unserem Leben einen Sinn. Leid ist etwas, gegen das wir ankämpfen können. Und es dient als Gegenpol für das Glück, das wir sonst vielleicht nicht zu schätzen wüssten.

Selbst in der besten aller möglichen Welten wird es immer leidvolle Ereignisse geben wie Vulkanausbrüche.

Soll Bestrafung Leid beinhalten?

Wenn jemand etwas Schlechtes tut, kommen dabei oft Menschen zu Schaden und leiden. Wir wollen dann, dass der Übeltäter für seine Missetat bestraft wird. Aber ist es richtig, dass wir jemanden leiden lassen, nur weil er anderen Leid zugefügt hat? Es ist falsch, ein Kind zu schlagen, auch wenn es unartig war und vielleicht sogar andere verletzt hat. Wie sollen wir mit Straftätern umgehen? Reicht es, sie ins Gefängnis zu stecken?

Was ist **Unendlichkeit?**

Die frühgriechischen Philosophen beobachteten den Sternenhimmel und dachten über die Form des Kosmos nach. Hat er eine Begrenzung? Hat er einen Ursprung? Wird er ein Ende haben? Vielleicht ist das Universum grenzenlos, hat immer existiert und wird nie enden. Es ist schwer, sich vorzustellen, dass **etwas unendlich ist**. Viele Philosophen wollen die Natur der Unendlichkeit ergründen.

Kann ein Affe schreiben wie Shakespeare?

Gibt man einem Affen eine Tastatur, sind die Chancen gering, dass er etwas Sinnvolles schreibt. Vielleicht würde er durch Zufall ein Wort tippen. Wenn er lange genug wahllos auf die Tasten hämmert, kämen möglicherweise mehrere Wörter zustande. Manche Philosophen behaupten, ohne Zeitbeschränkung würde der Affe schließlich Shakespeares *Hamlet* schreiben.

Endlos zählen

Platon und Aristoteles stellten fest, dass es mehr als eine Art von Unendlichkeit gibt. So können wir immer 1 zu einer natürlichen Zahl addieren – also 1, 2, 3 … – und werden nie damit fertig. Es existiert auch eine Unendlichkeitsform innerhalb fester Größen. Es gibt beispielsweise eine unendliche Anzahl von Bruchzahlen zwischen 0 und 1. Wir können 1 durch 2 und das Ergebnis immer wieder durch 2 teilen und werden nie 0 herausbekommen.

Ein Möbiusband ist eine Endlosschleife mit nur einer Kante und Fläche. Damit können wir uns Unendlichkeit vorstellen.

Der Seiltrick

Nichts ist länger als unendlich lang. Angenommen, du hältst das Ende eines Seils in der Hand, das sich endlos erstreckt. Es ist unendlich lang. In der anderen Hand hältst du das Ende eines zweiten, identischen Seils. Auch das ist unendlich lang. Wenn du beide zusammenknotest, wie lang ist das Seil dann? Zweimal so lang? Unendlich lang? Gibt es einen Unterschied zwischen einem unendlichen Seil mit einem Anfang und einem unendlichen Seil ohne Anfang und Ende?

Unendliche Beweiskette

Wenn wir durch logisches Denken etwas beweisen oder widerlegen, stützen wir unsere Behauptungen durch Beweise. Manchmal müssen wir aber den Beweis auch belegen mit einer weiteren Behauptung, die wiederum einen Beweis erfordert. Wenn sich dieser Prozess unendlich fortsetzt, sprechen wir von einem „infiniten Regress“.

Wenn sich zwei Spiegel gegenüberstehen, spiegeln sich deren Spiegelbilder unendlich wider.

Wie entscheide ich, **was richtig ist?**

Zeitlebens entscheiden wir, **was wir tun und was wir lassen sollen.** Wir müssen herausfinden, was Recht und Unrecht für uns bedeuten. Manchmal ist die Entscheidung schwieriger, als wir glauben.

Wer bestimmt, was **richtig** *oder* **falsch** *ist?*

Meistens kennen wir den Unterschied zwischen richtigem und falschem Verhalten, ohne darüber nachzudenken. Doch die Philosophen interessieren sich dafür, woher wir das wissen. Lehrer, Polizei und Regierung **legen mit Regeln und Gesetzen fest, was wir tun und lassen sollen.** Aber auf welcher Grundlage? Hat das Richtige und Gute etwas an sich, wodurch es richtig und gut wird?

Gebote

Viele Menschen glauben, dass Gott bestimmt, was richtig und falsch ist. In der Mehrzahl der Weltreligionen gibt es heilige Schriften, in denen geschrieben steht, was tugend- und was sündhaft ist. So finden sich in der Bibel der Christen und der Thora der Juden die Zehn Gebote und im Koran die Gebote der Scharia (islamisches Recht). Die Gesetze der meisten Länder basieren auf Religionsvorschriften. Doch sind die Gesetze richtig, weil wir sie für gottgegeben halten? Oder sind sie seit Jahrhunderten unverändert, weil sie berechtigt sind?

Der Bibel zufolge schrieb Gott die Zehn Gebote auf Steintafeln, die er Moses gab.

Gesetze

In den meisten Ländern werden die für die Gesellschaft geltenden Gesetze von einer Regierung erlassen, die vom Volk gewählt wurde. Daher basieren Gesetze wie beispielsweise das Strafrecht auf dem, was die Mehrzahl der Bürger für Recht oder Unrecht hält. Gerichte müssen dafür sorgen, dass die Gesetze gerecht angewendet werden.

Alles ist relativ

Verschiedene Kulturen haben verschiedene Vorstellungen von Recht und Unrecht. Mancherorts ist es üblich, dass ein Mann mehrere Frauen hat, in den meisten Ländern ist das jedoch verboten. Die Rechtsauffassung kann sich von Mensch zu Mensch unterscheiden und im Lauf der Zeit wandeln. Für einige Philosophen ist sie etwas Relatives und hängt davon ab, wann und wo jemand lebt.

Bei den Kayan in Myanmar ist es üblich, dass junge Mädchen Ringe um den Hals gelegt bekommen, um ihn zu strecken. In vielen anderen Gesellschaften gilt das als grausam.

Brauchen wir Regeln?

Wir wachsen mit Regeln auf und lernen, Recht von Unrecht zu unterscheiden. Zudem werden wir aufgefordert, darüber nachzudenken, warum ein Verhalten gut oder schlecht ist. Manche Philosophen behaupten, wir hätten ein angeborenes Gespür dafür und fänden es allein heraus. Warum brauchen wir dann Regeln?

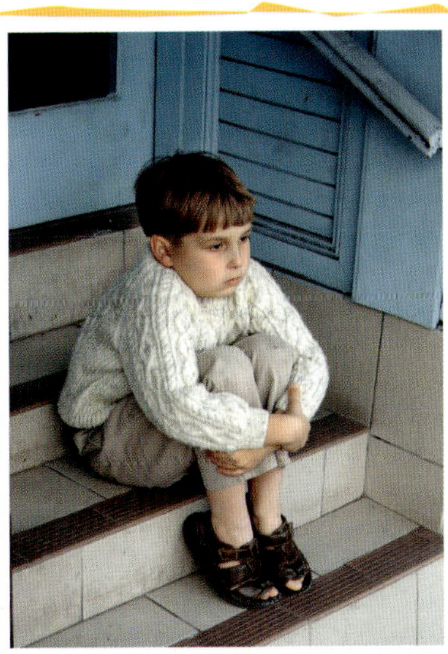

Kindern bringt man bei, über ihr Verhalten nachzudenken.

Ist Unrecht immer Unrecht?

Die Bräuche und Gesetze verschiedener Kulturen unterscheiden sich, doch in den meisten Ländern gibt es ein ähnliches Strafrecht. Obwohl sich alle einig sind, dass Gewalt falsch ist, finden es die meisten in Ordnung, die Familie im Notfall mit Gewalt zu verteidigen. Aber wenn Gewalt in manchen Situationen entschuldbar ist, gibt es dann auch andere schlechte Verhaltensweisen, die manchmal berechtigt sind?

Rechts- und Unrechtsvorstellungen im Lauf der Zeit

Unsere Vorstellung von Recht und Unrecht hat sich gewandelt. Was früher normal war, kann uns mittlerweile grausam und ungerecht erscheinen. Menschen zu kaufen, zu verkaufen und zur Arbeit zu zwingen, ist heute verboten. Doch lange Zeit war das üblich. Nun gibt es internationale Gesetze gegen Menschenhandel, doch leider werden trotzdem noch Menschen, meistens Frauen, illegal verkauft.

Plantagenbesitzer in den USA kauften vom 17. bis 19. Jh. afrikanische Sklaven für die Arbeit auf den Baumwollfeldern.

Bürger zweiter Klasse

Lange Zeit hatten Frauen in der westlichen Welt nicht die gleichen Rechte wie Männer. Sie durften nicht wählen, Eigentum besitzen, studieren oder bestimmte Berufe ausüben. Die Bewegungen der Suffragetten Anfang des 20. Jh. sowie der Feministinnen in den 1960er-/1970er-Jahren verhalfen Frauen zu Gleichberechtigung in Europa und den USA. Doch mancherorts haben Frauen immer noch kein Wahlrecht.

Was heute Recht ist, ist morgen Unrecht?

Vielleicht werden sich die Menschen der Zukunft über unser Verhalten wundern. So essen die meisten heute Fleisch, doch immer mehr werden Vegetarier. Möglicherweise wird es in hundert Jahren verboten sein, Tiere zum Nahrungserwerb zu halten. Die gefährlichen Folgen einiger unserer Taten, wie die Anhäufung von Müll und die Abholzung des Regenwalds, sind bereits erkennbar.

Warum bin ich hier?

Viele Philosophen denken über den Sinn des Lebens und die Bedeutung des Menschseins nach. Für manche sind diese Fragen wichtiger als die Ergründung der uns umgebenden Welt. Die Existenzphilosophie geht davon aus, **dass wir selbst herausfinden müssen, wie wir leben wollen.** Ihr zufolge ist jeder von uns frei in seinen Entscheidungen und daher verantwortlich für sein Handeln.

Bloß nicht normal

Die Wahl für einen Lebensweg kann schwierig sein. Regierungen, Lehrer und Eltern mögen uns vorschreiben, was Recht und Unrecht ist. Doch der deutsche Philosoph Friedrich Nietzsche (1844–1900) fand, wir sollten selbst entscheiden, das Leben voll ausschöpfen und lieber „Übermensch" als gewöhnlich sein. Ihm zufolge kann man es so zu einem großen Künstler, Denker oder mächtigen Herrscher wie Napoleon bringen.

Napoleon Bonaparte

Beängstigende Möglichkeiten

Der dänische Philosoph Søren Kierkegaard (1813–1855) war davon überzeugt, dass wir uns frei entscheiden können. Doch wir müssen die Verantwortung für unser Handeln übernehmen. Aber alle Möglichkeiten zu haben kann beängstigend sein. Es fühlt sich an, als ob man am Rand eines Abgrunds steht. Vielleicht spüren wir ein seltsames Verlangen hinunterzuspringen, aber niemand zwingt uns dazu. Die Wahl ist uns überlassen.

Edmund Husserl (1859–1938)

Wir können nicht alles wissen

Aus den Ideen Edmund Husserls entwickelte sich eine neue Spielart der Philosophie. Der deutsche Denker sagte, es gebe Dinge, die wir nie verstehen werden. Für ihn sollte sich Philosophie mit dem beschäftigen, was wir wissen und erkennen können. Er brachte uns dazu, mehr über das Menschsein an sich und weniger über abstrakte Fragen nachzudenken.

Identität

Wenn du über deine Identität nachdenkst, wird dir schnell klar, dass du dich von allen anderen unterscheidest. Jeder führt ein eigenes Leben, das Anfang und Ende hat. Dieser Gedanke kann uns einschüchtern. Doch er kann uns auch den Mut geben, unser Leben so zu führen, wie wir es für richtig halten.

Sein und Zeit

Der deutsche Philosoph Martin Heidegger (1889–1976) interessierte sich für Fragen des (Da-)Seins. Er erklärte, dass wir unser Leben zwischen Geburt und Tod als vergehende Zeit empfinden. Es „fließt" von der Vergangenheit über die Gegenwart in die Zukunft. Für Heidegger waren „Sein" und „Zeit" dasselbe.

Seinen Weg gehen

Wir können uns zwischen zwei Lebenswegen entscheiden. Das glaubte der französische Philosoph Jean-Paul Sartre (1905–1980). Einer ist, so zu leben, dass wir den Erwartungen der Gesellschaft entsprechen. Der andere ist, der Mensch zu sein, der wir eigentlich sind, und so zu leben, wie es am besten zu uns passt.

Wir können uns für ein individuelles Leben entscheiden.

Sisyphos musste auf ewig einen Fels einen Berg hinaufwälzen.

Gibt es einen tieferen Sinn?

Zu wissen wer wir sind, eröffnet uns laut Sartre die Möglichkeit auf ein selbstbestimmtes, sinnvolles Leben. Der französische Philosoph Albert Camus (1913–1960) teilte diesen Optimismus nicht. Für ihn hatte das Leben keine Bedeutung. Es erschien ihm so sinnlos wie die Aufgabe des Sisyphos aus der griechischen Mythologie. Er musste in der Unterwelt auf ewig einen Fels einen Berg hinaufwälzen, der stets kurz vor dem Gipfel wieder hinabrollte.

Soll man **Handlungen** *nach ihren* **Folgen beurteilen?**

Viele Philosophen haben nach Kriterien zur Beurteilung von Handlungen gesucht. Manche schlagen vor, Regeln aufzustellen, die Recht von Unrecht trennen. Für andere ist es nicht so einfach. **Um zu entscheiden, ob eine Handlung moralisch vertretbar ist, müssen wir prüfen, ob deren Folgen positiv oder negativ sind.**

Robin Hood gilt als Held der englischen Sagenwelt, weil er die Reichen bestahl, um den Armen zu geben. Doch durfte er deshalb das Gesetz brechen?

Regeln oder Ergebnis?

Es gibt Verhaltensregeln, die wir normalerweise nicht brechen sollten. Doch unter Umständen bestimmt das Ergebnis einer Handlung, ob sie gut oder schlecht ist. Ist unser Handeln oder sind dessen Folgen das, worauf es eigentlich ankommt? Wenn wir eine Entscheidung treffen, sollten wir vielleicht lieber in Erwägung ziehen, wie sie sich auf andere Menschen auswirkt, anstatt einfach blind Regeln zu befolgen.

Heiligt der Zweck die Mittel?

Ist es egal, welche Mittel wir einsetzen, solange das Ergebnis stimmt? Wir müssen alle Konsequenzen betrachten. So kann es richtig sein, ein Menschenleben zu opfern, um hundert zu retten, aber falsch, hundert Menschen für einen sterben zu lassen. Womöglich müssen wir auch die Absichten miteinbeziehen. Hat ein Mensch ein Unrecht begangen, um etwas Gutes zu bewirken, oder hat sein Fehlverhalten zufällig positive Folgen?

Größtmöglicher Nutzen

Der englische Philosoph Jeremy Bentham (1748–1832) vertrat die Ansicht, der moralische Wert einer Handlung lasse sich nach ihrem Nutzen beurteilen. Ihm zufolge ist es wichtig, wie viel Glück oder Unglück eine Tat verursacht. Um sie einzuordnen, müssen wir die guten und schlechten Folgen abwägen. Er sagte, der größte Nutzen für die Allgemeinheit sei das Maß für richtig und falsch. Diese Theorie wurde als Utilitarismus bekannt.

Auf der Suche nach Glück

Benthams Theorie basiert auf „Glück", also allem, was uns Freude bereitet, wie ein gutes Essen, ein Heim, unsere Lieblingsbeschäftigung. Auch für andere Philosophen dürfen wir im Leben nach Glück streben, wenn wir dabei bedenken, dass jeder eine andere Vorstellung davon hat.

Einigen von uns machen Computerspiele Spaß, andere können dem nichts abgewinnen.

Schadensprinzip

Wir müssen die Auswirkungen unseres Handelns auf andere bedenken. Der englische Philosoph John Stuart Mill (1806–1873) sagte, eine Handlung sei gut, wenn sie das Wohl anderer fördere. Sie sei aber nicht zwangsläufig schlecht, wenn sie dem eigenen Nutzen diene. Er argumentierte, eine Handlung sei nur falsch, wenn sie einem anderen schade oder seine Interessen verletze. Wir müssen bei allem, was wir tun, das Schadensprinzip in Betracht ziehen: Inwieweit beeinträchtigt unser Handeln das Wohlergehen oder die Interessen anderer?

Vielleicht hörst du gern laute Musik, durch die andere sich jedoch gestört fühlen können.

Ansichten im Zeitenwandel

Epikur
Der frühgriechische Philosoph erforschte, was wir unter gut und schlecht verstehen. Für ihn war schlecht, was Leid verursacht, und gut, was Freude bringt. Ihm zufolge ist eine Handlung moralisch richtig, wenn sie zu geringstmöglichem Leid und größtmöglicher Freude führt.

Der Gott Dionysos aus der griechischen Mythologie steht für Lebensfreude, wie gutes Essen und Feste.

Niccolò Machiavelli
Machiavelli war Berater der Herrscher im Italien der Renaissance. Für ihn hatte ein Staatsoberhaupt das Recht, in vollem Bewusstsein die Gesetze der Moral zu brechen und zu lügen und töten, wenn es dem Wohl des Volkes dient.

Cesare Borgia war der Herrschertyp, den Machiavelli beschrieb: gerissen und skrupellos, wenn es dem übergeordneten Wohl diente.

Utilitarismus
Das Nützlichkeitsprinzip Benthams, wonach sich der Wert einer Handlung nach ihrem Nutzen bemisst, beeinflusste viele. Der österreichisch-britische Philosoph Karl Popper (1902–1994) wandelte es ab und sagte, das moralische Maß sei nicht größtmögliches Glück, sondern geringstmögliches Leid.

Wie soll ich handeln?

Konsequenzen

Ein Weg der Entscheidungsfindung ist, den Nutzen oder Schaden unseres Verhaltens abzuwägen. Das Ergebnis einer Handlung wird auch „Konsequenz“ genannt. Wir können so handeln, dass es dem Wohl der Allgemeinheit dient. Dieses System basiert nicht auf unumstößlichen Regeln wie: „Es ist falsch, zu töten.“ Stattdessen müssen wir bei allem, was wir tun, die Konsequenzen bedenken.

Manchmal geht es bei einer Entscheidung darum, die Konsequenzen der möglichen Optionen abzuwägen.

Nicht nur Schwarz und Weiß

Es lässt sich nicht immer leicht herausfinden, was das beste Ergebnis einer Handlung ist. Oft bleibt nicht genug Zeit, um die möglichen Folgen zu bedenken. Manchmal wird unsere Entscheidung von persönlichen Gefühlen beeinflusst, und andere wären zu einem anderen Schluss gekommen.

Das Trolley-Problem

Es kann schwierig sein, die richtige Wahl zu treffen. Manche Philosophen glauben, wir sollten uns für das entscheiden, was den meisten Menschen Nutzen bringt. Doch auch das ist nicht so einfach. Die britische Philosophin Philippa Foot zeigt, dass Entscheidungen mehr als nur Zahlenspiele sind.

Eine leere Straßenbahn (engl. *trolley*) ist außer Kontrolle und rast auf den Schienen entlang. Dort sind ein Stück weiter unten fünf Menschen festgebunden. Die Straßenbahn wird sie überfahren. Sie ist nicht aufzuhalten, aber es gibt eine Weiche. Wenn sie umgestellt wird, nimmt die Straßenbahn einen anderen Weg. Doch dort ist ein weiterer Mensch auf die Gleise gefesselt. Was machen wir? Wenn wir die Weiche umstellen, retten wir fünf Menschenleben, aber ein Mensch wird überrollt. Wenn wir nichts tun, werden fünf Menschen sterben. Aber die wären ohnehin gestorben, wenn wir nicht da wären. Wenn wir die Weiche umstellen, haben wir bewusst die Entscheidung getroffen, einen Menschen zu töten. Ist es etwas anderes, einen Menschen zu töten, als jemanden sterben zu lassen?

Praktisches Eingreifen

Bei einer zweiten Version des Trolley-Problems gibt es nur eine Schienenstrecke. Doch ein Mann steht auf der Brücke über den Gleisen. Wenn wir ihn hinunterstoßen, wird er vor der Straßenbahn landen und sie zum Stehen bringen. Damit haben wir die fünf Menschen auf den Schienen gerettet, aber den Mann getötet. Sollten wir ihn hinabstoßen? Ist das etwas anderes, als die Weiche umzustellen? Und wenn er derjenige wäre, der die fünf auf den Gleisen festgebunden hat? Würde das unsere Entscheidung beeinflussen?

Ein Freund in Not

Wie bei der ursprünglichen Version können wir fünf Menschen retten, wenn wir eine Weiche umstellen. Doch nun erkennen wir den Menschen auf dem zweiten Gleis. Handeln wir anders, wenn ein Freund oder Familienmitglied betroffen ist? Vielleicht glauben wir, es sei besser, fünf Fremde sterben zu lassen, als jemanden, der uns nahesteht. Macht es einen Unterschied, wenn die Einzelperson ein Straftäter wie ein Dieb oder Mörder ist?

Die Straßenbahn wird fünf Menschen überfahren, wenn niemand die Weiche umstellt. Sollten wir einen Menschen töten, um fünf zu retten?

Denk mal darüber nach!

Der Heißluftballon

Angenommen, du befindest dich mit einer Gruppe Menschen in einem Heißluftballon. Es stellt sich heraus, dass der Ballon zu schwer beladen ist, und ihr sinkt langsam ins Meer. Dort tummeln sich viele hungrige Haie. Um den Ballon leichter zu machen, müsst ihr einen Passagier loswerden. Einer muss den Haien vorgeworfen werden, um alle anderen zu retten. Aber für wen sollt ihr euch entscheiden? Vielleicht am besten für den schwersten? Oder den ältesten? Möglicherweise ist einer der Passagiere ein Arzt, der andere ein Dieb? Würde das eure Entscheidung beeinflussen? Ist ein Mensch mehr wert als ein anderer? Würdest du springen, damit die anderen überleben?

Flunkern

Drei deiner Freunde haben Ärger in der Schule. Der Lehrer glaubt, sie hätten einen fiesen Spruch an die Wand geschrieben. Du weißt, dass sie es nicht waren, aber kennst den wahren Übeltäter nicht. Um deinen Freunden zu helfen, könntest du dem Lehrer erzählen, dass es das frechste Mädchen in der Klasse war. Der Lehrer würde dir sicher glauben. Deine drei Freunde würden nicht unschuldig bestraft werden, dafür aber das Mädchen. Was ist richtig?

Biografie

1724 Im preußischen Königsberg geboren (heute Kaliningrad, Russland).

1734 Besucht das Collegium Fridericianum, eine der besten Schulen Königsbergs.

1740 Studiert an der Albertus-Universität in Königsberg Mathematik und Philosophie.

1746 Beendet nach dem Tod des Vaters das Studium. Verdient den Lebensunterhalt als Hauslehrer. Schreibt zudem über Philosophie und Astronomie.

1755 Kehrt an die Universität Königsberg zurück, habilitiert und wird Dozent.

1770 Wird an der Universität Königsberg zum Professor berufen.

1781 Veröffentlicht sein berühmtestes Werk, *Kritik der reinen Vernunft*.

1792 König Friedrich Wilhelm II. verbietet ihm, religiöse Schriften zu lehren.

1797 Legt sein Universitätsamt nieder, aber schreibt weiterhin.

1804 Stirbt mit 79 in Königsberg. Seine letzten Worte sollen „Es ist gut." gewesen sein.

Einflussreich

Kant verfasste Bücher zu allen Aspekten der Philosophie und entwickelte einen philosophischen Ansatz, der ziemlich revolutionär war. Obwohl sein Werk schwer verständlich ist, inspirierten seine Ideen viele Philosophen seiner Zeit und bildeten über hundert Jahre lang das Fundament der deutschen Philosophie.

Immanuel Kant

„Die menschliche Vernunft wird durch Fragen belästigt, die sie nicht beantworten kann."

Kant wurde in Preußen in eine streng religiöse Familie geboren. Er war ein ausgezeichneter Schüler und besuchte schon mit 16 Jahren die Albertus-Universität in Königsberg. Dort wurde er später Professor für Logik und Metaphysik. Zeitlebens lehrte und schrieb er über Philosophie und wurde **einer der einflussreichsten Philosophen des 18. Jh.**

Eine Frage der Vernunft

Anders als viele Philosophen seiner Zeit glaubte Kant, dass unser Wissen über Recht und Unrecht nicht natürlich oder gottgegeben ist. Er argumentierte, dass wir mithilfe der Vernunft entscheiden, was moralisch richtig ist. Statt den moralischen Wert einer Handlung anhand ihres Ergebnisses zu beurteilen, sollten wir laut Kant unumstößliche Verhaltensnormen aufstellen. Wenn wir etwas als falsch erachten, dann gilt das immer und für jeden.

Kant entwickelte seine einflussreichen Ideen durch Diskussionen mit Freunden und Anhängern.

Auf diesem Bild blickt ein Mann in eine Welt, die jenseits seiner Sinnesempfindungen liegt.

Zwei Welten

Kant zufolge gewinnen wir Erkenntnisse durch die Sinne. Aber die Dinge an sich können wir nicht ergründen. Wir kennen nur das, was wir sehen, fühlen oder hören. Für Kant gab es zwei Welten: eine Welt der wahrnehmbaren Erscheinungen und eine zweite Welt der Dinge an sich, die wir nicht erfahren und damit auch nicht erkennen können.

Wie erkennen wir die Welt?

In seinem wichtigsten Buch *Kritik der reinen Vernunft* stellt Kant eine Verbindung zwischen Vernunft, Verstand und Erfahrung her, um zu erklären, wie wir die Welt erkennen. Seine Ideen änderten die Sicht der Menschen auf Philosophie und machten ihn über Nacht berühmt.

Kants 1781 veröffentlichte *Kritik der reinen Vernunft*.

Dürfen wir **lügen?**

Die meisten Menschen sind sich einig, dass man die Wahrheit sagen und nicht lügen soll. Manche lügen nie, denn für sie ist eine Lüge ungeachtet der Umstände immer falsch. Doch viele glauben, dass es manchmal besser ist zu lügen, um beispielsweise einen anderen nicht zu verletzen. Aber **gibt es überhaupt Situationen, in denen es vertretbar ist, eine Regel der Moral zu brechen?**

Notlügen

Lüge ist nicht gleich Lüge – manche sind schlimm und offensichtlich falsch, andere richten kaum Schaden an. Es gibt sogar „Notlügen", zu denen wir greifen, wenn wir jemanden schützen oder seine Gefühle nicht verletzen wollen. So erzählen wir der Tante, dass der schreckliche Pullover, den sie uns zum Geburtstag geschenkt hat, genau unseren Wünschen entspricht. Ist das wirklich falsch?

Wenn du bei einem Freund zu Besuch bist und dir das Essen nicht schmeckt, solltest du es dann sagen oder lügen und sagen, dass es köstlich schmeckt?

Immer falsch

Für manche Philosophen bleibt ein Unrecht ein Unrecht. Ihnen zufolge müssen wir Verhaltensnormen aufstellen und ihnen treu bleiben. Der deutsche Philosoph Immanuel Kant vertrat die Auffassung, wir sollten nur Regeln formulieren, die allgemeingültig sind. Wenn wir einmal entscheiden, dass es falsch ist zu lügen, gilt das immer und für jeden. Selbst eine Notlüge ist dann unentschuldbar.

Einer Anekdote nach beschädigte der US-amerikanische Präsident George Washington als Kind mit seiner Axt einen Kirschbaum. Als sein Vater fragte, wer das getan habe, gab George es zu. Sein Vater vergab ihm, weil er nicht gelogen hatte.

Das Mädchen findet es nicht schlimm zu lügen, wenn sie die Finger dabei kreuzt. Aber woher weiß sie, dass die anderen es nicht genauso machen?

Sonderregeln

Wenn eine Regel der Moral unumstößlich ist, muss das, was in einem Fall richtig ist, für alle Fälle gelten. Wir können nicht eine Regel für uns und eine zweite für alle anderen aufstellen. Manche Philosophen finden, wir sollten nicht lügen, wenn wir das nicht auch den anderen jederzeit zugestehen. Aber dann wüsste ja keiner mehr, wer die Wahrheit sagt! Vielleicht sollten wir daher lieber dabei bleiben, dass es falsch ist zu lügen.

Die goldene Regel

Oft beurteilen wir eine Handlung nach den Folgen, die sie für andere hat. Dabei ist es gut, sich in die Rolle eines anderen hineinzuversetzen. Für einige Philosophen und viele Religionen gilt eine goldene Regel: „Was du nicht willst, das man dir tu', das füg auch keinem anderen zu." Wir sollten andere so behandeln, wie wir selbst gern behandelt werden möchten. Wenn du nicht willst, dass jemand dich anlügt, solltest du auch nicht lügen.

Der Schneeball-Effekt

Ein Argument, das gegen Ausnahmen von der Regel spricht, ist der „Schneeball-Effekt". Das ist eine Kettenreaktion, die harmlos anfängt und schlimm endet. So kann eine kleine Lüge zu mehr Lügen führen, die immer größer und gravierender werden. Wo ziehen wir die Grenze zwischen einer vertretbaren und einer unentschuldbaren Lüge? Womöglich ist es besser, niemals zu lügen, auch wenn wir damit manchmal die Gefühle anderer verletzen.

Kann ich mich **anders entscheiden?**

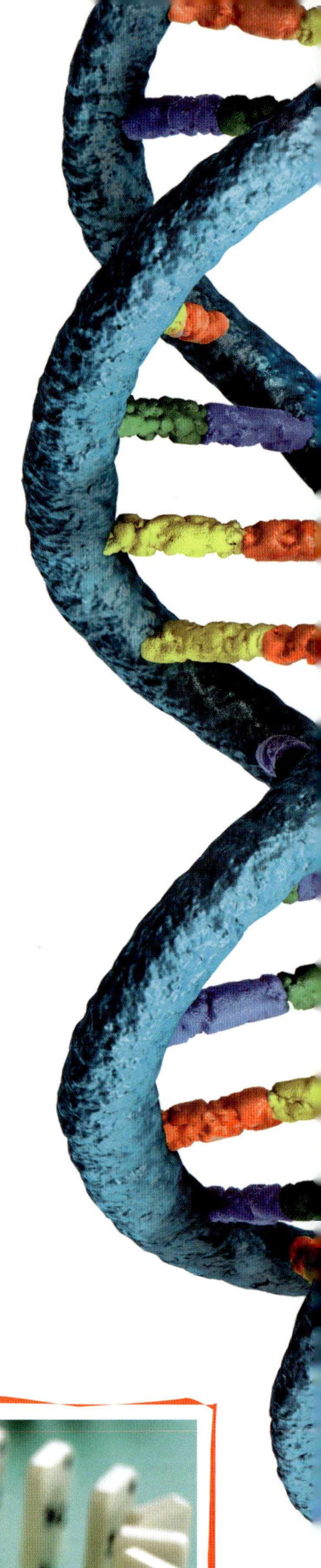

Wir verwenden viel Zeit und Mühe darauf, Entscheidungen und die beste Wahl zu treffen. **Aber wie viel Entscheidungsfreiheit haben wir tatsächlich?** Für manche Philosophen sind wir absolut frei in unseren Entscheidungen, aber auch verantwortlich für unser Handeln. Andere glauben, dass beides durch die Umstände oder ein höheres Wesen bestimmt wird.

Sind wir frei in unseren Entscheidungen?

Der freie Wille

Sich für das Richtige zu entscheiden und Verantwortung für das eigene Handeln zu übernehmen, ist wohl ein wichtiger Teil eines rechtschaffenen Lebens. Doch wenn es einen guten, allmächtigen Gott gibt, würde er zulassen, dass wir auf Irrwegen gehen? Manchen christlichen Philosophen zufolge hat Gott uns einen freien Willen gegeben. Er lässt uns selbst bestimmen, auch wenn er weiß, dass wir manchmal Fehlentscheidungen treffen.

Eine Illusion

Für andere ist der freie Wille eine Illusion. Sie behaupten, unsere Erziehung, Kultur und die Meinung anderer formten unseren Charakter und unser Charakter bestimme unser Handeln. Einige spinnen die Idee weiter und glauben, dass alles im Leben vorbestimmt ist. Ihnen zufolge hätten wir uns gar nicht anders entscheiden können, auch wenn wir glauben, selbst eine Wahl getroffen zu haben.

Manche sagen, unsere Handlungen bedingten einander, wie ein Dominostein, der den nächsten zu Fall bringt.

Keine Willensfreiheit

Anhänger der Theorie, wonach unser Handeln vorbestimmt ist, nennt man Deterministen. Vertreter des „harten Determinismus“ behaupten, wir hätten gar keinen freien Willen. Und weil wir keine Macht über unsere Entscheidungen hätten, seien wir nicht für sie verantwortlich. Die Vertreter des „weichen Determinismus“ hingegen glauben, nur die Entscheidungsmöglichkeiten seien vorbestimmt, nicht das Ergebnis. Wir haben die Freiheit, anders zu handeln, und tragen daher auch Verantwortung.

Wer einen Skilift benutzt, ist wie ein Mensch ohne freien Willen und kann nur in eine Richtung fahren. Doch auf dem Weg hinunter können Skifahrer die Richtung selbst wählen.

Veranlagung und Umwelt

Manche vertreten die Ansicht, dass unsere moralischen Entscheidungen hauptsächlich von unserem Charakter, also der Veranlagung, geprägt werden. Ihnen zufolge ist unser Verhalten vererbt und angeboren. Andere sind der Überzeugung, dass wir Verhalten lernen. Äußere Einflüsse wie Bildung und Erziehung bestimmen maßgeblich unser Handeln.

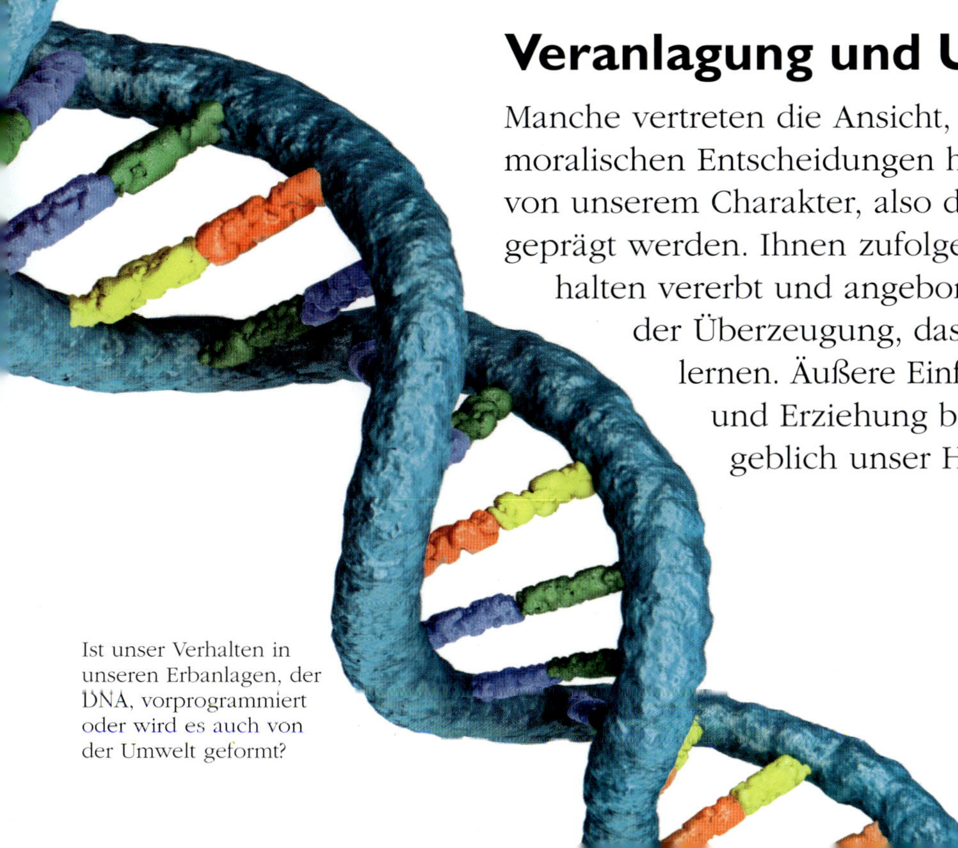

Ist unser Verhalten in unseren Erbanlagen, der DNA, vorprogrammiert oder wird es auch von der Umwelt geformt?

Entscheidungen treffen

Das verschlossene Zimmer

John Locke war ein englischer Philosoph im 17. Jh. und hielt Willensfreiheit für eine Illusion. Um das zu zeigen, entwickelte er ein Gedankenexperiment. Ein schlafender Mann wird in ein Zimmer getragen und dort eingeschlossen. In dem Zimmer befindet sich auch ein Freund. Als der Mann aufwacht, beschließt er aus Freude über das Wiedersehen zu bleiben. Er denkt, er habe sich frei dafür entschieden und könne jederzeit gehen. Tatsächlich hat er keine Wahl, denn die Tür ist verriegelt.

Sind wir alle wie der Mann in John Lockes Zimmer, der nicht weiß, dass er keine Wahlmöglichkeit hat?

Weiß Gott, welche Absichten wir hegen?

Viele Religionen, z. B. die christliche, beschreiben Gott als „allwissend“. Die Gläubigen sind davon überzeugt, dass Gott alles weiß, was geschehen ist und geschehen wird. Doch wenn Gott Kenntnis von unseren Absichten hat, haben wir dann einen freien Willen? Eine Antwort darauf lautet, dass er zwar alles weiß, aber uns trotzdem selbst entscheiden lässt. Der dänische Philosoph Søren Kierkegaard (1813–1855) sagte, Gott habe uns als unabhängige Wesen geschaffen, denn das sei das höchste Gut, das er uns schenken konnte.

Die **Qual** *der* **Wahl**

Die Frage nach Recht oder Unrecht stellen sich nicht nur Philosophen. Wir alle begegnen moralischen Zwickmühlen, wenn wir zwischen ähnlich schwierigen Optionen wählen müssen. **Die richtige Entscheidung zu treffen, ist wichtig für unser Befinden,** selbst bei den kleinsten Alltagsproblemen. Die Philosophie kann uns die Richtung weisen. Wie würdest du in folgenden Situationen handeln?

Solltest du es dem Lehrer sagen?
Du bist in eine neue Klasse gekommen und stellst fest, dass alle in den wöchentlichen Tests besser abschneiden als du. Dann merkst du, dass die anderen schummeln. Du möchtest das nicht, aber dadurch wirst du Klassenletzter sein. Wenn du dem Lehrer sagst, dass die anderen nicht ehrlich sind, kann dich keiner mehr leiden. Solltest du also schweigen und dein Bestes geben? Solltest du selbst mogeln? Oder gibt es eine andere Person, die du informieren kannst?

Solltest du das Geld einstecken?
Du findest auf der Straße einen Hunderteuroschein. Offenbar hat ihn jemand verloren. Keiner ist in Sicht und du weißt nicht, wessen Geld es ist. Du könntest es der Polizei übergeben. Wenn du das Geld selbst einsteckst, wird es vielleicht nie jemand erfahren. Und wenn du es nicht machst, wird es ein anderer tun. Dir ist bewusst, dass man nicht stehlen darf, aber ist das wirklich Diebstahl? Oder gibt es eine gestzliche Regelung?

Solltest du lügen?
Der Schulhofschläger ist wütend. Jemand hat sein Fahrrad kaputtgemacht. Er glaubt, dass du weißt, wer es war. Du sagst ihm wahrheitsgemäß, dass du es nicht weißt. Der Schläger glaubt dir nicht und droht, deinen kleinen Bruder zu verprügeln, wenn du ihm den Schuldigen nicht nennst. Solltest du ihm irgendeinen Namen sagen, damit deinem Bruder nichts geschieht? Wessen Namen? Solltest du die Schuld auf dich nehmen? Oder gibt es jemanden, mit dem du über dein Problem sprechen kannst?

Solltest du die Polizei rufen?

Du wirst Zeuge, wie ein Mann eine Bank überfällt. Du folgst ihm und siehst, dass er das Geld dem Direktor eines Kinderheims gibt. Der Direktor weiß nicht, dass es gestohlen ist. Er dankt dem Dieb und sagt ihm, ohne das Geld hätte er das Heim schließen müssen. Du erkennst den Dieb. Du könntest ihn anzeigen, aber dann würde er festgenommen werden und müsste das Geld zurückgeben. Ist es richtig zu schweigen, damit das Kinderheim das Geld behalten kann?

Solltest du es zugeben?

Eines Tages vergisst eine Freundin ihr Smartphone bei dir zu Hause. Du merkst, dass es angeschaltet und nicht gesperrt ist. Du schaust ihre Nachrichten durch und entdeckst, dass sie dich vor ihren anderen Freundinnen schlechtgemacht hat. Du bist sehr verletzt und möchtest ihr sagen, dass sie sich unmöglich benommen hat. Aber dann müsstest du zugeben, dass du in ihren Privatnachrichten geschnüffelt hast. Was sollst du tun?

Solltest du das Seil durchtrennen?

Du bist mit Freunden bergsteigen, als es einen Steinschlag gibt. Die Freundin unter dir ist vom Fels gestürzt und hängt am Seil. Dadurch hindert sie dich und den Freund über dir daran, in Sicherheit zu klettern. Ihr alle seid durch weitere Steinschläge gefährdet. Wenn du das Seil durchtrennst, wird deine Freundin hinabstürzen und sterben, aber ihr anderen beiden könnt euch retten. Wenn du es nicht tust, werdet ihr vielleicht alle durch herabfallende Steine erschlagen, bis Rettung naht. Wie entscheidest du dich?

Sind **Männer** *und* **Frauen** *gleichberechtigt?*

In fast jeder Kultur wurden im Lauf der Geschichte Frauen anders behandelt als Männer. Gewöhnlich wies man der Frau den Platz am heimischen Herd zu. Manche Berufe durften Frauen gar nicht ausüben. Erst in den letzten hundert Jahren hat sich das in einigen Ländern geändert und den Frauen wurden gleiche Rechte zugesprochen. Aber werden Männer und Frauen jemals gleichgestellt sein?

Keine Freiheit für Frauen

Im Altertum war es in den meisten Kulturen selbstverständlich, dass der Mann das Familienoberhaupt war und die Frau ihm gehorchen musste. Die Gesellschaftsformen wandelten sich, aber an der Eingeschränktheit der Frauen änderte sich wenig. Heute hat sich die Situation in vielen Teilen der Welt verbessert. Doch Frauen sind mancherorts immer noch nicht gleichberechtigt.

Frauen wie Aung San Suu Kyi (geb. 1945) aus Myanmar sind einflussreiche Politikerinnen in einer von Männern dominierten Welt.

Der Kampf für Gleichberechtigung

Ende des 18. Jh. stürzte das Volk in Frankreich die Monarchie und gründete eine gerechtere Staatsform. Den Bürgern wurden in Texten wie der französischen *Erklärung der Menschen- und Bürgerrechte* Privilegien zugestanden, wie auch das Wahlrecht. Doch manche Rechte waren Männern vorbehalten. Daraufhin formulierte die französische Schriftstellerin Olympe de Gouges (1748–1793) die *Erklärung der Rechte der Frau und Bürgerin*, in der sie Gleichstellung forderte. In England trat die Autorin Mary Wollstonecraft (1759–1797) für die Gleichberechtigung der Frau und gleiche Bildungschancen ein.

Die Freiheitsstatue in New York zeigt Libertas, die Göttin der Freiheit.

Wer darf wählen?

Eines der wichtigsten Menschenrechte ist das Wahlrecht, also die Mitbestimmung über die Regierung eines Landes. Lange Zeit durften nur Männer wählen. Im 19. Jh. begannen Frauen, dieses Recht für sich einzufordern. Das britische Philosophen-Ehepaar Harriet Taylor Mill (1807–1858) und John Stuart Mill (1806–1873) stand an der Spitze einer Kampagne zur Gesetzesänderung. Das beeinflusste die Suffragetten-Bewegung (*suffrage* heißt Wahlstimme) in Großbritannien und den USA. Schließlich wurde das Frauenwahlrecht in vielen Ländern erkämpft.

Dieses Liedblatt von 1911 zeigt einen Suffragetten-Marsch für das Frauenwahlrecht.

Warum gibt es in der Philosophie mehr berühmte Männer als Frauen?

Ohne Zugang zu Bildung kann man sich schwerlich mit Philosophie befassen. Wenn man das Haus nicht verlassen und mit anderen reden darf, wird es noch schwieriger. Jahrhundertelang wurden Frauen nicht ausreichend gebildet, sondern mussten das Haus hüten. Natürlich stellten sich viele Frauen die gleichen Fragen wie Männer, doch häufig wurden ihre Ideen weder aufgeschrieben noch weitergegeben. Seit dem 20. Jh. beschäftigen sich immer mehr Frauen mit Philosophie, wie die französischen Feministinnen Simone de Beauvoir (1908–1986) und Luce Irigaray (geb. 1930).

Unterschiede im Geist?

Männer und Frauen haben einen verschiedenen Körperbau, aber unterscheiden sie sich auch im Geist? Früher wurden Berufe einem Geschlecht zugeordnet. Armee und Technik waren Männerdomänen, Pflege und Erziehung Frauen vorbehalten. Das erscheint uns heute überholt. Liegt das daran, dass wir nicht mehr an einen großen Unterschied zwischen Mann und Frau glauben? Vielleicht denkt und verhält sich ein Mensch männlich oder weiblich, weil die Gesellschaft es so von ihm erwartet?

Heute finden die meisten, dass Männer und Frauen jede Arbeit gleich gut verrichten können.

Simone de Beauvoir

„Geliebt, bewundert werden, notwendig sein, jemand sein!“

Philosophin, Wegbereiterin des Feminismus, Dozentin, erfolgreiche Autorin – das war Simone de Beauvoir. Sie wurde in Paris geboren, wo sie den Großteil ihres Lebens verbrachte. Ob beim Gespräch mit Freunden im Café oder bei ihren Vorlesungen an der Universität, sie inspirierte Menschen mit ihren Ideen über die Freiheit des Einzelnen.

Ihrer Zeit voraus

Als de Beauvoir jung war, war es ungewöhnlich, dass Frauen die Universität besuchten und Karriere machten. Sie war eine der ersten Frauen mit einem Abschluss von der Sorbonne, der besten Universität Frankreichs. Außerdem war sie mit 21 Jahren die Jüngste, die das Examen für Philosophie ablegte. Später lehrte sie selbst an der Sorbonne und war eine der ersten wichtigen Philosophinnen.

Die Sorbonne – hier war de Beauvoir erst Studentin, später Professorin für Philosophie.

Biografie

1908 In Paris geboren.

1929 Absolviert die Sorbonne mit einem Abschluss in Philosophie.

1929 begegnete de Beauvoir dem Philosophen Jean-Paul Sartre. Ihre Freundschaft währte bis zu seinem Tod 1980.

1931 Unterrichtet Literatur und Philosophie, zunächst in Marseille und später in Rouen.

1941–1943 Lehrt während der deutschen Besatzung im Zweiten Weltkrieg an der Sorbonne.

1943 Veröffentlicht ihren ersten Roman *Sie kam und blieb*.

1945 Tritt der Redaktion von *Les Temps Modernes* bei, einer Zeitschrift über Politik, Philosophie und Literatur.

1949 Veröffentlicht ihr bekanntestes Buch *Das andere Geschlecht*.

1986 Stirbt mit 78 in Paris und wird auf dem Friedhof von Montparnasse beigesetzt.

Müssen Frauen weiblich sein?

Simone de Beauvoir hatte einen prägenden Einfluss auf die moderne Frauenbewegung, die in der zweiten Hälfte des 20. Jh. entstand. Sie argumentierte, dass die Gesellschaft von Frauen eine bestimmte Verhaltensweise erwartet – nämlich weiblich, unterwürfig und gehorsam zu sein. De Beauvoir sagte, man werde nicht als Frau geboren, sondern werde durch das Rollenverständnis der Gesellschaft dazu gemacht.

Marokkanische Frauen demonstrieren gegen Gewalt gegen Frauen vor dem Parlament in Marokko im Jahr 2013.

Frauen befreien

De Beauvoir gehörte zu den Existenzialisten. Sie gingen davon aus, der Mensch sei frei in seiner Lebensgestaltung. In ihrem Buch *Das andere Geschlecht* erklärte de Beauvoir, die Gesellschaft schreibe Frauen vor, wie sie sich zu verhalten hätten, und stufe sie niedriger ein als Männer. Sie fand, Frauen sollten selbstbestimmt leben. Damals war das ein völlig neuer Gedanke.

Ermutigt durch de Beauvoirs *Das andere Geschlecht*, forderten Tausende Frauen in den 1960er-/1970er-Jahren Gleichberechtigung.

Nicht nur Philosophin

Politik

Simone de Beauvoir interessierte sich für Politik und schrieb oft über Gesellschaft und Frauenfragen. Mit Jean-Paul Sartre (1905–1980) und anderen Autoren und Denkern schrieb und redigierte sie Artikel für die Zeitschrift *Les Temps Modernes* (Moderne Zeiten).

Simone de Beauvoir an ihrem Schreibtisch

Berühmte Schriftstellerin

Wie andere französische Philosophen jener Zeit war de Beauvoir eine angesehene Publizistin. Sie schrieb Philosophiebücher, Kurzgeschichten und Romane wie *Die Mandarins von Paris*, für den sie den „Prix Goncourt“ erhielt. Zudem veröffentlichte sie ihre Reisetagebücher und ihre Autobiografie.

Sie kam und blieb war Simone de Beauvoirs erster Roman.

Warum ist **Umweltschutz** *wichtig?*

Unser Planet versorgt uns mit allen nötigen Rohstoffen, wie Nahrung, Wasser und Brennstoff. Zudem ist er Heimat einer Vielzahl von Lebewesen. Es sind genügend Ressourcen für alle da, doch wir müssen sorgfältig mit ihnen umgehen. Forscher beklagen, **dass wir die Umwelt vernachlässigen** und überall in der Welt wichtige Lebensräume zerstören. Doch Umweltschutz ist nicht nur ein Anliegen der Wissenschaft und Technik, sondern wirft auch philosophische Fragen auf.

In manchen Städten gibt es so viele Autos, dass man die Luft nicht ungeschützt einatmen kann.

Schaden anrichten

Die Menschheit ist sehr erfindungsreich. Wir haben alle möglichen Technologien entwickelt, um uns das Leben leichter zu machen. Doch nun entdecken wir die Kehrseite der Medaille. Die Energie für Transportmittel, Wohnungen und Industrie stammt aus fossilen Brennstoffen, wie Kohle, Öl und Gas. Dadurch verschmutzen und schädigen wir die Umwelt. Aber dürfen wir deshalb von den Menschen verlangen, ihren gewohnten Lebensstandard aufzugeben?

Faire Ressourcenverteilung

Die Erde bietet alle Ressourcen, die wir brauchen, aber sie sind ungerecht verteilt. Mancherorts haben die Menschen nicht genug zu essen und trinken. Anderenorts gibt es so viel Nahrung, dass ein Teil davon weggeworfen wird. Ist es richtig, Menschen verhungern zu lassen, während andere im Wohlstand leben? Gibt es einen Weg, die Ressourcen der Erde fair zu verteilen? Durch das globale Bevölkerungswachstum wird dieses Problem immer dringlicher.

Die Industriestaaten verbrauchen den Großteil der Ressourcen, für die anderen bleibt nur der Rest. Ist das fair?

Empfindliches Gleichgewicht

Durch das Bevölkerungswachstum brauchen wir immer mehr Nahrungsmittel. Die Landwirtschaft entwickelte Methoden zur Steigerung der Tierzucht und Getreideproduktion, die jedoch teilweise zulasten der Umwelt gehen. So werden Wälder abgeholzt, um Ackerflächen zu schaffen, und industrielle Düngemittel verschmutzen die Gewässer. Das nimmt Tieren und Pflanzen den Lebensraum. Langfristig bringt die moderne Landwirtschaft womöglich mehr Schaden als Nutzen. Sind wir für den Schutz unserer Umwelt verantwortlich?

Die Insektizide, mit denen Landwirte die Felder vor Schädlingen schützen, können Bienen schädigen, die Obstbäume und Gemüsepflanzen bestäuben.

Regenerative Energien wie Wind- oder Solarkraft sind auf lange Sicht gut für die Umwelt.

Wie ein Berg denken

Manche Philosophen glauben, dass wir Verantwortung für alle Lebewesen und die Umwelt tragen. Der Norweger Arne Næss (1912–2009) war einer der ersten Umweltphilosophen und sagte, wir sollten wie ein Berg denken. Das heißt, wir sollen uns verhalten, als ob wir immer hier sein werden, und an die langfristigen Folgen denken. Wir dürfen nicht vergessen, dass wir Teil der Natur sind, und müssen aufhören, sie auszubeuten.

Auswirkung auf die Zukunft

Die moderne Technik hat den Lebensstandard der meisten Menschen verbessert und Leben gerettet. Doch viele sind sich einig, dass der Fortschritt den Klimawandel und andere Bedrohungen für die Zukunft verursacht. Unser Umgang mit der Umwelt hat langfristige Auswirkungen. Wir müssen bei unseren Entscheidungen nicht nur an das Wohl der Menschen heute, sondern auch an zukünftige Generationen denken.

Die Art, wie wir heute mit der Umwelt umgehen, kann in der Zukunft Probleme bringen, wie den Anstieg der Meeresspiegel und extreme Wetterereignisse.

Sind **Menschen** *mehr wert als* **Tiere?**

Der Mensch ist nur eine von vielen Tierarten auf Erden. Wir versuchen, uns so zu verhalten, dass wir unseren Mitmenschen nicht schaden. **Doch anderen Tieren gegenüber gilt diese Regel nicht immer.** Einige glauben, dass wir uns von ihnen unterscheiden oder ihnen sogar überlegen sind. Aber dürfen wir Tiere deshalb für uns arbeiten lassen und sie verzehren? Oder sind wir für den Schutz der Tiere verantwortlich?

Legehennen werden in Käfige gequetscht unter Bedingungen, die wir nicht aushalten würden. Empfinden sie Leid so wie wir?

Dieser Schwertwal wird in einem Vergnügungspark in Gefangenschaft gehalten. Hat er ein Recht auf Freiheit?

Der Mensch ist ein Säugetier

Charles Darwin (1809–1882) entwickelte die Evolutionstheorie und erklärte, dass der Mensch affenähnliche Vorfahren habe. Seitdem wissen wir, dass wir eine Tierspezies sind. Wenn dem so ist, sind uns andere Tiere vielleicht ähnlicher, als wir glauben. Später machten sich die Philosophen darüber Gedanken, ob unser Umgang mit Tieren richtig ist. Wie würden wir uns fühlen, wenn man uns so behandeln würde?

Tierrechte

Der australische Philosoph Peter Singer (geb. 1946) findet, ein moralisch richtiges Verhalten schließe ein, die Folgen einer Handlung für Mensch und Tier zu bedenken. Tiere können wie wir fühlen und Leid empfinden. Wir müssen darüber nachdenken, ob Tiere durch unser Handeln verletzt oder verängstigt werden. Viele Rechte der Menschen sind durch Gesetze geschützt. Welche Rechte sollen wir Tieren zugestehen?

Wir könnten mehr Menschen ernähren, wenn wir dieses Feld zum Getreideanbau anstatt als Weideland nutzen würden.

Vegetarier werden

Die meisten Menschen essen Fleisch. Wir sind nur eine von vielen fleischfressenden Tierarten. Doch wir können auch ohne Fleisch gesund leben und Gemüseanbau ist billiger als Tierzucht. Haben wir das Recht, Tiere zum Verzehr zu töten? Wenn wir glauben, dass man Tieren kein Leid zufügen darf, sollten wir vielleicht Vegetarier werden? Oder ist unser Fleischkonsum natürlicher Teil der Nahrungskette?

Haben Tiere ein Rechtsempfinden?

Einige glauben, wir müssten uns Tieren gegenüber nicht moralisch richtig verhalten, weil sie sich auch nicht so verhalten. Haben Tiere ein Empfinden für Recht und Unrecht? Manche Tiere töten andere, ohne darüber nachzudenken, ob ihre Beute leidet. Andere Tiere kämpfen und rauben. Doch sie tun es, um ihre Familie zu beschützen und mit Nahrung zu versorgen. Tiere handeln anders als Menschen und womöglich finden wir ihr Verhalten falsch. Doch dürfen wir sie deshalb töten oder ihnen Schmerzen zufügen?

Sind alle Tiere gleich?

Wir behandeln nicht alle Lebewesen gleich. So ist es für einen Vegetarier falsch, Tiere zum Verzehr zu töten, aber vielleicht in Ordnung, eine Mücke zu erschlagen. Das mag daran liegen, dass manche Tiere uns ähnlicher sind als andere. Dürfen wir deshalb diese Tiere besser behandeln als den Rest? Obwohl wir nie einen Schimpansen verletzen würden, zerquetschen wir eine Ameise ohne Bedenken. Wo ziehen wir die Grenze?

Wenn unsere Wohnung von Ungeziefer befallen ist, rufen die meisten ohne Gewissensbisse den Kammerjäger.

Gefährdete Tiere

Geschützte Tierarten

Viele Tiere und Pflanzen in der Welt sind vom Aussterben bedroht. Einige könnten bald ganz verschwunden sein, wie Tiger, Eisbär und Breitmaulnashorn. Zu ihrem Schutz ist es gesetzlich verboten, sie zu jagen. Andere Tiere werden jedoch weiterhin zum Freizeitvergnügen oder Verzehr getötet. Ist das Leben eines seltenen Pandabären mehr wert als das eines Schweins in der Mastzucht?

Durch die Eisschmelze der Arktis wird das Leben der Eisbären immer schwieriger.

Ausgestorben

Es ist traurig, wenn eine Tierart ausstirbt. Müssen wir alle Tiere schützen? Manchmal haben wir ihren Tod verursacht, indem wir ihren natürlichen Lebensraum zerstört oder sie durch die Jagd ausgerottet haben. Aber es ist auch natürlich, dass manche Tierarten überleben und andere nicht. Indem wir sie erhalten, greifen wir womöglich in den Kreislauf der Natur ein.

Der Beutelwolf lebte in Australien und Tasmanien. Er starb Anfang der 1930er-Jahre aus, weil die Bauern ihn töteten, damit er ihr Vieh nicht mehr reißt.

Mehr geben

Hilfe im Notfall

Nach einer Naturkatastrophe, wie Erdbeben oder Überschwemmungen, spenden Menschen oft bereitwillig Geld, um den Betroffenen zu helfen. Doch manche Menschen leben in ständiger Not.

Menschen, die durch Krieg oder Katastrophen ihr Heim verloren, sind auf Spenden reicher Länder angewiesen.

Entwicklungshilfe

Die Regierungen der reichen Länder unterstützen arme Länder finanziell. Meistens wird ein kleiner Teil der Staatseinnahmen für Entwicklungshilfe verwendet. Doch die Bewohner selbst spenden oft kein Geld, sondern überlassen das ihrer Regierung. Aber hat nicht jeder Einzelne Verantwortung für Menschen in Not?

Durch Entwicklungshilfe aus reichen Ländern können arme Länder mit Essen und sauberem Wasser versorgt werden.

Sollen wir ein **Kind** *vor dem* **Ertrinken retten?**

Im Allgemeinen glauben wir, **dass wir Menschen in Not helfen müssen.** Wir haben die Pflicht, sie nach Kräften zu unterstützen, und es wäre falsch, nichts zu tun. Doch wir geben nicht immer so viel, wie wir könnten. Um das zu demonstrieren, entwickelte der australische Philosoph Peter Singer das folgende Gedankenexperiment.

Stell dir vor, du läufst zur Schule und trägst ein neues Paar Schuhe, das du von deinem Taschengeld gekauft hast. Du kommst an einem Teich vorbei, in den ein kleines Mädchen gefallen ist. Es kann nicht schwimmen. Du weißt, dass der Teich seicht ist und du hineinwaten und das Kind herausziehen kannst. Aber du musst dich beeilen und kannst dir die Schuhe nicht ausziehen. Sie werden danach nicht mehr zu gebrauchen sein. Solltest du das Mädchen retten? Fast jeder wird diese Frage mit „Ja, natürlich!" beantworten. Das Leben eines Kindes ist ganz offenkundig mehr wert als ein Paar Schuhe. Aber angenommen, am Teich stehen andere Menschen. Obwohl sie das Mädchen retten könnten, unternehmen sie nichts. Glaubst du immer noch, dass es an dir liegt, das Kind vor dem Ertrinken zu retten?

Stell dir nun vor, das Kind ist in einem weit entfernten Land in Gefahr. Du kannst ihm nicht persönlich helfen, aber durch eine Geldspende das Leben retten. Solltest du das tun? Es hat dir nichts ausgemacht, deine neuen Schuhe zu ruinieren, also könntest du den Preis für ein neues Paar spenden.

Und wie sieht es in Wirklichkeit aus? Millionen Kinder hungern oder brauchen medizinische Versorgung, aber ihre Familien sind zu arm, um dafür zu bezahlen. Millionen Menschen leben in reichen Ländern und können sich Luxusgüter leisten. Wenn wir in der glücklichen Lage sind, uns alles kaufen zu können, sind wir dann nicht verpflichtet, Geld an Hilfsorganisationen für Kinder zu spenden? Wie bei dem Kind im Teich können wohlhabende Menschen Leben retten, ohne sich selbst zu gefährden und zu verarmen. Sie müssen nur auf ein paar Annehmlichkeiten verzichten. Sind wir nicht ebenso in der Pflicht, Geld zu spenden, wie das Kind vor dem Ertrinken zu retten?

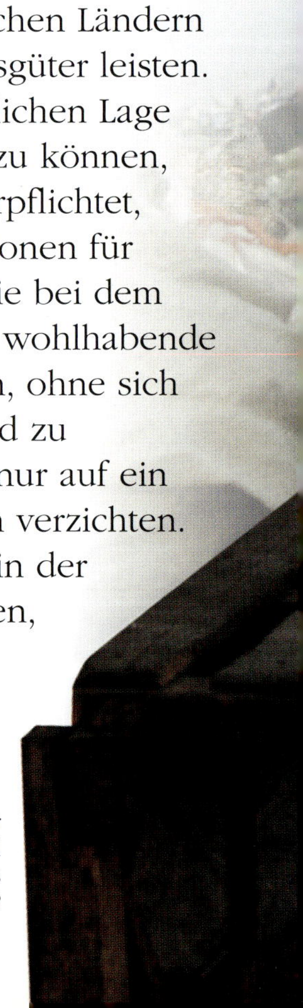

Überall auf der Welt leben Kinder in Armut und müssen im Müll wühlen, um zu überleben. Ist es unsere Pflicht, ihnen zu helfen?

Denk mal darüber nach!

Wie sind deine Prioritäten?

Wenn es um die Rettung eines ertrinkenden Kindes aus dem heimischen Teich geht, würde fast jeder bereitwillig ein neues Paar Schuhe opfern. Aber was wäre dir eine Spende an eine Hilfsorganisation wert, die Kinder in fernen Ländern unterstützt? Könntest du auf Süßigkeiten oder hin und wieder auf einen Kinobesuch verzichten? Du würdest dadurch keine Not leiden, aber das Geld könnte für einen Menschen in einem Entwicklungsland viel bewirken. Es ist eine Frage der Priorität – was ist dir wichtiger?

Welche Verantwortung trage ich?

Singer fragt, ob es einen Unterschied macht, wenn andere Menschen am Teich stehen, die dem Kind helfen könnten, aber nichts unternehmen. Würden wir nicht eingreifen, weil die anderen auch nichts tun? In ähnlicher Weise versuchen wir manchmal, unsere individuelle Pflicht zur Hilfe auf die Regierung abzuwälzen. Wir finden, der Staat könne sich um die Armen kümmern, doch das reicht oft nicht. Muss sich nicht jeder von uns nach Kräften engagieren, anstatt darauf zu vertrauen, dass es ein anderer tut?

Wird es jemals **weltweit Frieden** *geben?*

Eine Wasserstoff- oder Atombombe ist eine tödliche Nuklearwaffe, die ganze Städte in Minuten auslöschen kann.

Die Geschichte ist voller Kriege. Noch nie gab es eine Zeit, in der nicht irgendwo auf der Welt gekämpft wurde. Dabei geht es um Gebietsansprüche, Ressourcen wie Wasser und Öl, oder um politische oder religiöse Überzeugungen. Und doch wollen die meisten Menschen keinen Krieg. Eine wachsende Anzahl glaubt, **man könne Konflikte ohne Gewalt lösen.** Ist es manchmal notwendig, ein Land und dessen Bewohner mit Waffen zu verteidigen? Vielleicht wird es immer Krieg geben.

Gibt es einen gerechten Krieg?

Fast alle Religionen lehnen Gewalt ab. Doch christliche und islamische Philosophen haben gesagt, manchmal sei es richtig zu kämpfen in einem sogenannten gerechten Krieg. Ihnen zufolge darf ein Staatsoberhaupt das Land zum Wohl des Volkes in einen Krieg führen, wenn sich der Konflikt vorher nicht mit friedlichen Mitteln lösen ließ.

Im 12. und 13. Jh. kämpften christliche und islamische Armeen um das Heilige Land in Jerusalem und Umgebung.

Haben Atomwaffen einen Krieg verhindert?

Atombomben sind die verheerendsten Waffen, die jemals erfunden wurden. Einige der mächtigsten Staaten besitzen Nuklearwaffen. Doch sie sind sich bewusst, dass ihnen bei ihrem Einsatz ein nuklearer Gegenschlag droht. Manche glauben, dieses Wissen habe Kriege verhindert. Die Atombombe wurde bisher zweimal zu militärischen Zwecken gezündet, und zwar in Japan am Ende des Zweiten Weltkriegs. Schützt uns die atomare Bedrohung vor einem weiteren Weltkrieg?

Liegt es in unserer Natur?

Manche argumentieren, dass es keinen weltweiten Frieden geben kann, weil der Kampfwille in unserer Natur liegt. Wir kämpfen, um uns und unsere Familien zu verteidigen, wir überfallen andere, um uns zu bereichern. Die Pazifisten glauben, Gewalt sei immer falsch und Krieg vermeidbar. Die Menschheit hat Gesellschaften hervorgebracht mit einer Gesetzgebung. Sie hält uns davon ab, uns wie wilde Tiere aufzuführen, und hilft uns, Konflikte gewaltlos zu lösen. Doch es wird immer gewaltbereite Menschen geben. Den Pazifisten zufolge sollen wir sie nicht bekämpfen, sondern uns friedlich mit ihnen auseinandersetzen. Aber ist es möglich, nicht zurückzuschlagen, wenn man angegriffen wird?

Soldaten aus vielen Ländern dienen gemeinsam in den UN-Friedenstruppen.

Internationale Zusammenarbeit

Wenn die Regierungen der Länder sich begegnen und über Differenzen sprechen, lassen sich Kriege vermeiden. Viele Länder haben sich zum Schutz ihres Volkes in Bündnissen zusammengeschlossen. Fast jedes Land der Erde gehört zu den Vereinten Nationen (UN) – eine internationale Organisation, die Krieg verhindern und Frieden erhalten will. Zudem gibt es internationale Gesetze zur Beilegung von Konflikten. Die Vereinten Nationen haben internationale Friedenstruppen.

Friedliche Proteste

Antikriegs-Demonstrationen

In den letzten hundert Jahren gab es zwei Weltkriege und viele weitere bewaffnete Auseinandersetzungen. Millionen Menschen haben schreckliche Gräueltaten erlebt. Viele sind der Überzeugung, dass Kriege und das von ihnen hervorgerufene Leid keine Berechtigung haben.

Im 20. Jh. beteiligten sich weltweit Hunderttausende Menschen an Antikriegs-Protesten.

Keine Gewalt

Wenn die Regierung eines Landes das Volk unterdrückt, kann es zu bewaffneten Unruhen oder gar Krieg kommen. Viele Menschen finden, dass man soziale Ungerechtigkeit gewaltlos bekämpfen kann. Ein friedliches Mittel sind Demonstrationen, auf denen gegen Unrecht protestiert wird. Ein anderes, willkürliche Gesetze nicht zu befolgen oder eine ungerechte Regierung nicht mehr durch Steuern zu unterstützen.

Martin Luther King führte die Bürgerrechtsbewegung der USA an und befürwortete friedliche Proteste.

Warum **brauchen** *wir* **Regeln?**

Regeln helfen uns, ein rechtschaffenes Leben zu führen und mit anderen auszukommen. Doch **wie legen wir Regeln fest** und wer ist dafür verantwortlich?

Ist der Mensch von **Natur** *aus* **gut** *oder* **schlecht?**

Die Menschen leben gewöhnlich in Gemeinschaften. Wenn wir eine Gesellschaft formen, stellen wir Regeln für das Verhalten ihrer Mitglieder auf. So gibt es Gesetze, die es verbieten zu stehlen oder andere zu verletzen und die uns helfen, friedlich miteinander zu leben. Aber **würden Menschen ohne diese Gesetze andere zu Schaden bringen?** Sind wir von Natur aus schlecht oder gut? Wenn wir von Natur aus gut sind, wozu brauchen wir dann Gesetze?

Würden wir uns in einer gesetzlosen Gesellschaft um Nahrung streiten wie Tiere?

Naturzustand

Der englische Philosoph Thomas Hobbes (1588–1679) hielt nicht viel von der menschlichen Natur. Er glaubte, Menschen seien von Grund auf egoistisch und dazu veranlagt, für ihre Bedürfnisse zu kämpfen ohne Rücksicht auf andere. Hobbes zufolge braucht eine zivilisierte Gesellschaft Verhaltensnormen und eine starke Führung, die diese Regeln durchsetzt.

Naturrecht

Nicht alle Philosophen hielten den Menschen für selbstsüchtig. John Locke glaubte, dass die Menschen von Natur aus gut und kooperativ sind. Er behauptete, dass sie instinktiv einem Naturrecht folgen und einander anständig behandeln. Locke sagte, unsere Gesetzgebung beruhe auf dem Naturrecht. Gesetze schützen unsere Rechte und helfen uns, Konflikte zu lösen.

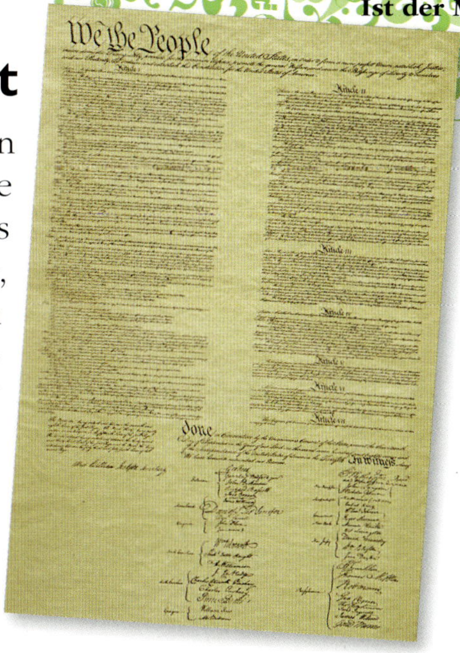

Die Unabhängigkeitserklärung der USA spiegelt das von Locke formulierte Naturrecht wider.

Während der Französischen Revolution stürzte das Volk die Monarchie, um in Freiheit zu leben.

Der Wille des Volkes

Auch der französische Philosoph Jean-Jacques Rousseau (1712–1778) glaubte, der Mensch sei von Natur aus gut. Er ging davon aus, dass Gesetze uns daran hindern, uns natürlich zu verhalten. Laut Rousseau stellen die Herrschenden Regeln auf, um ihr Eigentum zu schützen und die Freiheit der Masse zu beschränken. Er fand, das Volk solle Gesetze auf Grundlage eines „allgemeinen Willens“ formulieren, die ein selbstbestimmtes Leben ermöglichen.

Nach Regeln leben

Gesetzgebung

Die Gesetzgebung ist Aufgabe der Regierung. In Demokratien besteht eine Regierung aus Politikern, die das Volk vertreten und von ihm gewählt werden. Neben der Staatsregierung, die Gesetze auf Landesebene erlässt, kann es regionale und lokale Verwaltungen geben. Fast jedes Land der Erde ist Mitglied der Vereinten Nationen, die internationale Gesetze aufstellt.

Das Kapitol ist Sitz des Kongresses, der US-amerikanischen Regierung.

Gesetzübertretung

Die Gesetzgebung unterscheidet sich von Land zu Land, aber einige Regeln sind überall gleich, wie das Verbot von Mord und Diebstahl. Die Gesetze werden von der Regierung erlassen. Doch die Gerichte entscheiden, ob jemand ein Gesetz übertreten hat, und können eine Gefängnis- oder Geldstrafe verhängen.

Die Polizei greift ein, wenn jemand gegen das Gesetz verstößt

Biografie

551 v. Chr. In Qufu im Staat Lu in Nordostchina geboren.

548 v. Chr. Nach dem Tod des Vaters von der Mutter in großer Armut erzogen.

532 v. Chr. Heiratet Qi Quan.

519 v. Chr. Lehrt die Söhne eines Ministers am Hof von Lu.

501 v. Chr. Beginnt seine Laufbahn in der Regierung.

500 v. Chr. Wird Justizminister im Staat Lu.

497 v. Chr. Verlässt nach einem Streit mit dem Fürsten von Lu seine Heimat und bereist China.

484 v. Chr. Kehrt nach Lu zurück und verkündet seine Lehren.

479 v. Chr. Stirbt mit 71 oder 72.

Gutes und glückliches Leben

Konfuzius glaubte an traditionelle Werte wie Rücksichtnahme, Loyalität und Respekt. Zudem entwickelte er ein neues Gesellschaftssystem, bei dem die Herrscher ihre Untertanen zu einem rechtschaffenen, glücklichen Leben ermutigen. Seine Ideen fanden zu Lebzeiten keine breite Anwendung. Doch später wurde der Konfuzianismus in China zur Staatsphilosophie.

Konfuzius

„Lernen ohne zu denken ist vergebliche Mühe. Denken ohne zu lernen ist Verzweiflung."

Konfuzius war einer der wichtigsten frühchinesischen Philosophen. Sein eigentlicher Name lautet Kong Qiu, aber später wurde er als Kongfuzi („Meister Kong") bekannt. Er entstammte dem Kleinadel und stieg durch fleißiges Studium zum Berater des Fürsten in seinem Heimatstaat Lu auf. In dieser Funktion **entwickelte er seine Ideen über den Aufbau einer Gesellschaft** und das tugendhafte Leben.

Das chinesische Beamtentum

Zu Konfuzius' Lebzeiten herrschte in jedem Staat Chinas eine Adelsfamilie. Die Adligen stellten sogenannte Beamte als Berater und Staatsverwalter an. Diese Beamten wurden nach ihren Fähigkeiten, nicht nach ihrer familiären Herkunft ausgewählt. Konfuzius wurde Minister beim Fürsten von Lu, weil er klug und gebildet war.

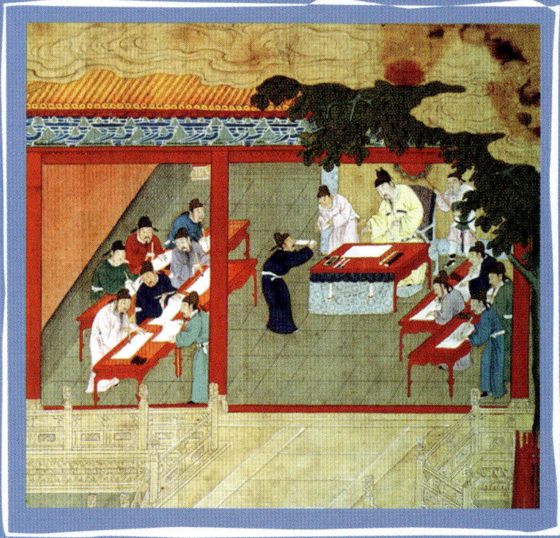

Um Beamter zu werden, mussten junge Männer in China viele Jahre studieren und schwierige Prüfungen bestehen.

Konfuzius' Anhänger hielten seine Lehren in mehreren Büchern fest.

Kunde verbreiten

Nach einem Streit mit dem Fürsten von Lu verließ Konfuzius seine Heimat. Etwa 15 Jahre lang reiste er durch China und tat seine Überzeugungen kund. Sie stießen auf großes Interesse und verbreiteten sich allmählich im ganzen Land. Nach seiner Rückkehr brachte er die letzten Lebensjahre damit zu, seine Philosophie zu lehren.

Politische Führer wie Nelson Mandela inspirierten ihre Anhänger durch ihren Lebensweg.

Vorbild sein

In China bestimmten die Herrscher seit je über ihre Untertanen. Doch Konfuzius fand, jedes einzelne Mitglied einer Gesellschaft solle selbst nach einem tugendhaften Leben streben. Wer rechtschaffen ist, dient den anderen als Vorbild. Und so kam er zu dem Schluss, anstatt Befehle zu erteilen, sollten die Herrscher mit gutem Beispiel vorangehen.

Himmelssöhne

In Konfuzius' Zeit glaubten die Chinesen, ihre Herrscher seien göttlicher Abstammung. Sie hatten dafür zu sorgen, dass ihre Untertanen in himmelsgleicher Harmonie miteinander lebten. Konfuzius fand, dass alle Menschen, nicht nur die Herrschenden, auserwählt sind. Wir alle können lernen, Recht von Unrecht zu unterscheiden, und anderen ein Vorbild sein.

Laut Konfuzius gehört es zum tugendhaften Leben eines Menschen, als Teil einer Gesellschaft Anstand und Sitte zu folgen.

Fünf menschliche Elementarbeziehungen

Laut Konfuzius können Menschen friedlich zusammenleben, wenn sie rücksichtsvoll miteinander umgehen. Die Gesellschaft sollte so organisiert werden, dass alle – vom Herrscher bis zum Untertan – sich gegenseitig respektieren. Der Mensch muss seinen Platz in einem Beziehungsgefüge kennen und die Gefühle anderer berücksichtigen.

Herrscher – Untertan
Herrscher sollen großzügig, Untertanen loyal sein.

Eltern – Kind
Eltern sollen liebevoll, Kinder gehorsam sein.

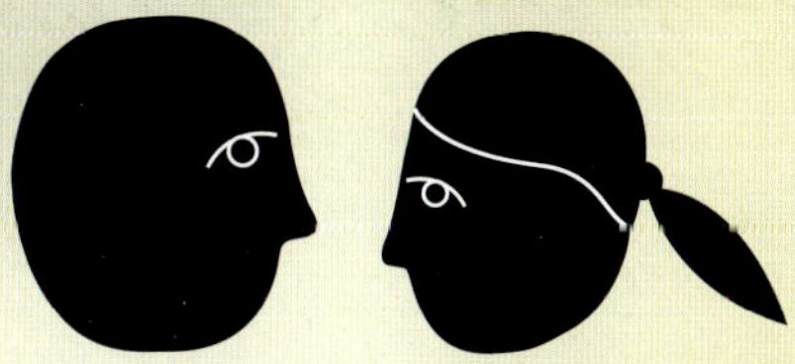

Ehemann – Ehefrau
Ehemänner sollen gerecht, Ehefrauen verständnisvoll sein.

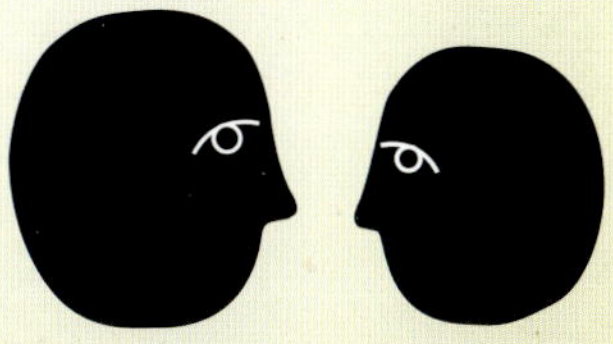

Ältere Geschwister – jüngere Geschwister
Ältere Geschwister sollen wohlwollend, jüngere respektvoll sein.

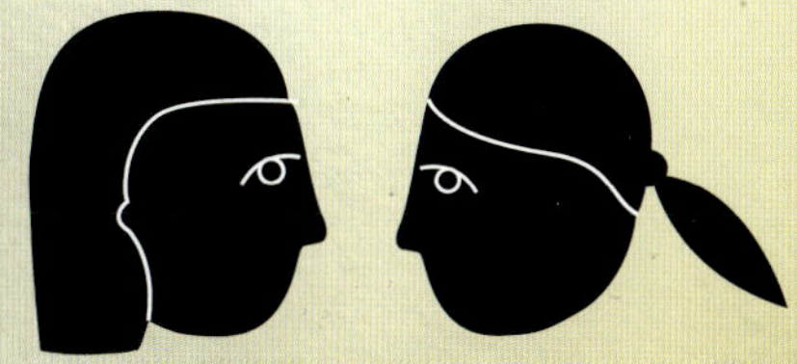

Freund – Freund
Ältere Freunde sollen besonnen, jüngere höflich sein.

Wie sieht die **ideale Gesellschaft** *aus?*

Seit je haben Menschen in Gruppen oder Gemeinschaften zusammengelebt – zunächst in Familien, später in Stämmen, Städten, Ländern und ganzen Reichen. Eine Gesellschaft braucht unabhängig von ihrer Größe eine Regierung, die die Regeln festlegt. **Es gibt unterschiedliche Regierungsformen,** z. B mit Einzelherrschern wie Königen oder Kaisern oder mit Parlamenten, in denen Hunderte gewählter Volksvertreter demokratisch abstimmen.

Philosophenherrschaft

Der frühgriechische Philosoph Platon wollte eine Gesellschaft, in der alle harmonisch miteinander leben. Doch er glaubte, die meisten Menschen wüssten nicht, wie man das erreichen kann, beispielsweise durch Gerechtigkeit und Tugend. Ihm zufolge ist dieses Wissen Philosophen vorbehalten. Daher argumentierte er, die Gesellschaft solle von Herrschern geführt werden, die in Philosophie ausgebildet sind. Er nannte sie „Philosophenkönige".

Der römische Kaiser Mark Aurel (121–180) war zugleich ein berühmter Philosoph.

Herrschaftsformen

Platons Schüler Aristoteles sagte, die Herrschaftsform hinge von der Zahl der Menschen ab, die an ihr beteiligt seien, und ob diese zum eigenen Wohl oder zu dem des Volks regierten. Einen Einzelherrscher nannte er „Monarch", wenn er gerecht, und „Tyrann", wenn er despotisch ist. Auch Gruppenherrschaften sind möglich. Für Aristoteles war die beste Regierungsform die „Politie", an der alle Mitglieder der Gesellschaft beteiligt sind.

Theokratie

Für manche macht Gott, nicht der Mensch die Gesetze, nach denen eine Gesellschaft regiert wird. Ihnen zufolge stehen ein oder mehrere von Gott legitimierte religiöse Führer an der Spitze eines Landes. So wurde Europa im Mittelalter von der Kirche beherrscht. Einige islamische Staaten werden noch heute auf Grundlage religiöser Regeln geführt. Eine solche Gesellschaft nennt man Theokratie.

In Vatikanstadt ist der katholische Papst das Staatsoberhaupt. (im Bild Papst Franziskus).

Monarchie

Lange Zeit war die Monarchie, bei der ein Land von einem Einzelherrscher wie einem König oder Kaiser geführt wird, die gängigste Herrschaftsform. Manchmal wird der Monarch vom Volk gewählt. Normalerweise aber wird das Kind eines Monarchen dessen Nachfolger. Im Mittelalter glaubten die Menschen, die Könige seien von Gott bestimmt.

Monarchen wie die Könige von England sollten das Volk regieren und in der Schlacht anführen.

Gesellschaftsvertrag

Im 17. und 18. Jh. stellten Philosophen das Recht der Monarchen und reichen Adligen, über das Volk zu herrschen, infrage. Philosophen wie John Locke befürworteten stattdessen einen Vertrag zwischen Volk und Regierung. Bei einem solchen „Gesellschaftsvertrag" ermächtigt das Volk die Regierung, Gesetze zu erlassen und durchzusetzen. Dafür schützt und verteidigt die Regierung die Rechte und Freiheit des Volkes.

Demokratie

Heute haben die meisten Länder eine Regierungsform, an der sich alle Bürger beteiligen können. Eine solche Gesellschaft heißt Demokratie und wird von einer vom Volk gewählten Regierung geführt. Bei der Wahl darf jeder Bürger einen Stellvertreter wählen, der für seine Interessen und Ansichten eintritt. Die Stellvertreter mit den meisten Stimmen bilden die Regierung.

Sozialismus

Der französische Philosoph Jean-Jacques Rousseau (1712–1778) argumentierte, eine Gesellschaft solle nicht von Einzelnen, sondern vom „allgemeinen Willen" ihrer Mitglieder regiert werden. Der deutsche Ökonom Karl Marx (1818–1883) griff diese Ideen auf und formulierte, das Volk müsse das Eigentum der Gesellschaft verwalten und ein Mitspracherecht in der Regierung haben. Marx befürwortete ein sozialistisches System, bei dem alles Eigentum dem Staat gehört und das von einer vom Volk gewählten Regierung geführt wird.

Karl Marx

Weltregierung

Durch moderne Transport- und Kommunikationsmittel wächst die Menschheit zusammen. Wir haben damit begonnen, internationale Organisationen wie die Europäische Union zu gründen. Zudem existieren globale Organisationen wie die Vereinten Nationen (UN), die Menschenrechtskonventionen und internationale Gesetze festlegen. Manche glauben, eines Tages werde es eine Weltregierung geben.

Wird es je eine gerechte Gesellschaft geben?

Der amerikanische Traum

Die USA wurden auf Grundlage der Idee gebildet, dass alle Menschen gleich sind. Die Gesetze sollen gleiche Rechte und Möglichkeiten für alle sicherstellen: Jeder, unabhängig von seiner Herkunft, soll im Leben erfolgreich sein können. Doch die Wirklichkeit sieht anders aus. Manche sind zu Wohlstand gelangt, andere können kaum überleben.

In den USA leben einige der reichsten Menschen der Welt, aber auch viele Millionen Menschen in Armut.

Die kommunistische Utopie

Im 20. Jh. stürzte man in Ländern wie Russland und China die Aristokratie, um eine gerechtere Gesellschaft zu gründen, die der kommunistischen Idee folgt. Im Kommunismus gehört alles Eigentum dem Volk und jeder Bürger hat ein gleiches Recht darauf. Doch einige nutzten dieses System aus, um reich und mächtig zu werden. Heute gibt es nur noch eine Handvoll sozialistischer Staaten.

Josef Stalin (1878–1953) herrschte uneingeschränkt in der sozialistische Sowjetunion.

Der **Schleier** *der* **Unwissenheit**

In welcher Gesellschaft würdest du gern leben? Wenn du reich, gesund und talentiert bist, unterscheidet sich deine Antwort wahrscheinlich von jemandem, der arm, krank und weniger begabt ist. Der US-amerikanische Philosoph John Rawls (1921–2002) entwickelte folgendes Gedankenexperiment zu Gesellschaftsformen.

Stell dir vor, du kannst dir vor der Geburt aussuchen, in welcher Gesellschaft du leben wirst. Zur Wahl stehen zwei Gesellschaften: In einer sind einige sehr arm, aber es ist möglich, reich und mächtig zu werden. In der anderen müssen Menschen mit größerem Einkommen und besseren Chancen höhere Abgaben leisten, um die sozial Schwachen zu unterstützen. So ist keiner sehr arm, aber auch keiner sehr reich. Aufgrund des „Schleiers der Unwissenheit" kennst du deine Zukunft nicht. Du weißt nicht, ob du reich oder arm sein wirst. Du könntest gesund, krank, hochbegabt oder durchschnittlich sein. Also musst du dich für eine Gesellschaft entscheiden ohne Kenntnis deines zukünftigen Lebens. Welche würdest du wählen?

Bei Rawls Gedankenexperiment leben zum einen Menschen in Armut, während andere in Luxus schwelgen, wie etwa einst in diesem Schloss von Versailles.

Reich und Arm

Im Lauf der Geschichte hat es immer Gesellschaften gegeben, in denen Wohlstand sehr ungleich verteilt ist. So gehörte im Mittelalter fast alles reichen Aristokraten, die es sich gut gehen ließen. Die Bauern hingegen besaßen nichts und mussten hart arbeiten, um zu überleben. In westlichen Gesellschaften herrscht heute mehr Gerechtigkeit. Doch es gibt noch Länder, in denen nur wenige Menschen sehr reich und mächtig sind und nahezu alle anderen in Armut leben.

Im Europa des Mittelalters schufteten arme Bauern auf den Feldern, während nur wenige Adlige alles Land besaßen und in Schlössern wohnten.

Gleichheit

In Ländern wie Norwegen, Dänemark und Schweden hat fast jeder den gleichen Lebensstandard. Ärzte und Lehrer verdienen nur geringfügig mehr als Landarbeiter und Reinigungskräfte und für die Bedürftigen gibt es großzügige Hilfe vom Staat. Doch in einer solchen Gesellschaft müssen die Menschen hohe Steuern entrichten und es ist trotz harter Arbeit schwierig, zu großem Wohlstand zu gelangen.

In Dänemark geht es den meisten Menschen gut und nur wenige sind sehr reich oder sehr arm.

Denk mal darüber nach!

Privileg

Vielleicht findest du, es sei richtig, dass manche mehr besitzen als andere. Schließlich sind manche sehr fleißig, andere nicht. Sollten wir Menschen nicht belohnen, wenn sie gute Arbeit leisten? Aber ist es gerecht, dass jemand aus einer wohlhabenden, privilegierten Familie bessere Chancen im Leben hat? Oder dass es für jemanden aus einer mittellosen Familie schwer ist, der Armut zu entkommen? Hättest du diese Gesellschaftsform gewählt?

Was ist schlimmer: Armut oder Ungleichheit?

Es heißt, Geld mache nicht glücklich. Und obwohl niemand gern arm ist, können auch Arme glücklich sein. Aber vielleicht fühlen sie sich deshalb schlecht, weil sie ungerecht behandelt werden. Einigen wohlhabenden Menschen gefällt es nicht, wenn sie hohe Steuern entrichten müssen. Und einige mittellose Menschen wollen sich nicht mit der Armut abfinden, wenn andere im Luxus schwelgen. Wären wir alle glücklicher, wenn wir gleichgestellt wären?

Ein Risiko eingehen

Angenommen, du bekommst 10 Euro und willst sie nicht ausgeben. Stattdessen könntest du dir entweder ein Lotterielos mit der Chance auf einen Hauptgewinn von 1 Million kaufen oder das Geld sparen. Wenn du es zur Bank bringst, bekommst du jedes Jahr einen bescheidenen Zinssatz. Die Chance, in der Lotterie zu gewinnen, ist sehr gering und wenn du verlierst, ist das Geld weg. Wenn du es anlegst, verdienst du nur ein bisschen, verlierst aber auch nichts. Warum spielen einige dann Lotto?

Wer macht die Regeln?

Verschiedene Länder haben **verschiedene Rechtssysteme**. In manchen Staaten regiert ein Einzelherrscher. Das kann ein Monarch sein oder ein Diktator, der die Macht an sich gerissen hat. Die meisten Länder werden jedoch von einer Regierung geführt, also einer Gruppe, die zusammen über die Gesetze entscheidet. In einer Demokratie wählen die Bürger die Mitglieder der Regierung.

Königin Elisabeth II. ist Staatsoberhaupt von Großbritannien. Die Gesetze verabschiedet ein gewähltes Parlament.

Monarchie

Lange Zeit stand an der Spitze fast jeder Nation ein König oder ein Kaiser, der über mehrere Länder herrschte. Sie stammten aus reichen, mächtigen Familien und ihre Kinder folgten ihnen auf den Thron. Auch heute gibt es Monarchien, in denen jedoch häufig eine Regierung über die Gesetze entscheidet. Die meisten modernen Staaten sind Republiken und werden von einem gewählten Präsidenten anstelle eines Monarchen geführt.

Volkswahl

In den meisten Ländern ist das Mitspracherecht bei der Gesetzgebung ein Grundrecht der Bürger. Sie können es ausüben, indem sie einen Vertreter wählen. In einer Demokratie wählen die Bürger ihre Vertreter in regelmäßigen Abständen. Sie können sich zwischen mehreren Kandidaten entscheiden, die meist einer politischen Partei angehören. Die Volksvertreter treffen sich in einem Parlament, um über Gesetze zu beraten und abzustimmen.

Alle Macht dem Volk

Manche glauben, dass Regierungen nicht immer zum Wohl aller Bürger entscheiden, sondern Gesetze verabschieden, die die Reichen schützen und einfachen Arbeitern nicht helfen. Das finden sie ungerecht und fordern, dass alle Menschen in einem Kommunismus genannten System gleichbehandelt werden sollen. Die Kommunisten wollen, dass das Volk ein Land regiert und anstelle einer privilegierten Minderheit die Gesetze erlässt.

Hammer und Sichel gelten als Symbol des Kommunismus. Es kam erstmals während der Russischen Revolution 1917 zum Einsatz.

Diktatur

Nicht alle Länder werden mit Zustimmung des Volks regiert. Manchmal ist das Staatsoberhaupt ein Diktator und bestimmt allein über die Gesetze. Oft reißt der Diktator die Macht mit Gewalt an sich und zwingt das Volk durch eine Armee zum Gehorsam. Brutale Alleinherrscher werden auch Tyrannen genannt. In einer Diktatur hat das Volk kein Mitspracherecht und kann den Diktator nur mit vereinten Kräften stürzen.

Adolf Hitler übernahm 1933 die Macht in Deutschland und wurde einer der grausamsten Diktatoren der Welt.

Auf diesen Wahlplakaten erfahren deutsche Wähler, wofür ihre Partei steht.

Steht jemand über dem Gesetz?

In einer Monarchie stand der König oder die Königin einst „über dem Gesetz“. Die königliche Familie hielt sich nicht an Regeln. Auch Diktatoren glauben, sie seien nicht an das Gesetz gebunden. Das Volk kann ihnen nur durch Revolution die Macht entreißen. In einer Demokratie unterstehen auch Regierungsmitglieder dem Gesetz und können ins Gefängnis kommen.

Was macht Gesetze gerecht?

Jede Gesellschaft hat unabhängig von der Regierungsform Gesetze zum Schutz der Personen und des Eigentums. Doch **die Menschen respektieren Gesetze nur, wenn sie sie für gerecht halten**. Wenn es zu einem Streit über Besitz oder zu einem Verbrechen kommt, muss das Gesetz für Gerechtigkeit sorgen. Wenn wir faire Gesetze aufstellen wollen, müssen wir die Rechte und die Freiheit jedes Einzelnen berücksichtigen.

Die römische Göttin Justitia mit Richtschwert und Waage steht als Symbol der Gerechtigkeit oft vor oder in Gerichtsgebäuden.

Gerechtigkeit

Wenn uns jemand verletzt oder bestiehlt, empfinden wir das als Rechtsbruch. Gesetze sollen die Mitglieder einer Gesellschaft davon abhalten, ein Unrecht zu begehen. Gerichte sorgen dafür, dass Menschen, die das Gesetz brechen, bestraft werden und gestohlenes Eigentum an den Besitzer zurückgegeben wird. Aber der Gerechtigkeit kann nur Genüge getan werden, wenn die Gesetze fair sind. Das festzulegen ist ebenso schwierig, wie zwischen Recht und Unrecht zu unterscheiden.

Ist es fair, dass selbst in reichen Ländern manche auf der Straße betteln müssen?

Fairness

Für manche ist Gerechtigkeit dasselbe wie Fairness. Der US-amerikanische Philosoph John Rawls sagte, es sei ungerecht, dass manche arm und andere reich seien, weil es unfair sei. Seiner Meinung nach ist Gerechtigkeit, wenn alle gleichermaßen am Wohlstand beteiligt sind. Er findet, wir sollten Gesetze aufstellen, die jedem ein gutes Leben ermöglichen, ohne dass einige übervorteilt werden.

Anspruch

Nicht jeder findet, bei Gerechtigkeit gehe es um Fairness. Wir halten es vielleicht für unfair, wenn ein Reicher in einem großen Haus mit Bediensteten lebt und andere auf der Straße. Aber ist es ungerecht? Für Robert Nozick (1938–2002) ging es bei Gerechtigkeit eher um Anspruch als um Fairness. Wenn jemand uns etwas verkauft oder schenkt, gehört es uns. Wir können es aus freiem Willen weitergeben, aber wenn es uns jemand wegnimmt, ist das nicht rechtens.

Es wäre nicht rechtens, einem Reichen das Haus wegzunehmen, auch wenn wir seinen Wohlstand für unfair halten.

Berühmte Filmstars verdienen oft viel Geld, aber steht ihnen mehr zu als beispielsweise einem Lehrer?

Gleichheit

Oft heißt es, das Gesetz gelte für alle, aber manche glauben nicht daran. Für sie bevorzugt das Gesetz eher Reiche und Mächtige als Arme. Brauchen wir daher eine Gesellschaft, in der alle ähnlich gestellt sind? Wir könnten beispielsweise ein Gesetz verabschieden, wonach alle Menschen gleich viel verdienen. Aber sollten einige nicht mehr bekommen? Was ist mit Menschen, die wie Feuerwehrleute gefährliche Arbeiten verrichten oder wie Ärzte jahrelang studiert haben? Vielleicht liegt die Lösung darin, nicht alle Menschen gleichzustellen, aber allen die gleichen Chancen einzuräumen.

Das Gesetz in Aktion

Schuld und Sühne

Wir müssen nicht nur Gesetze aufstellen, sondern uns auch überlegen, was mit denen passiert, die sie übertreten. In jeder Gesellschaft entscheiden Gerichte über Schuld oder Unschuld. Wenn ein Mensch einem anderen etwas weggenommen hat, kann er dazu verurteilt werden, es zurückzugeben. Das Gericht kann auch eine Haftstrafe, Sozialdienst oder eine Geldbuße verhängen.
Die meisten halten eine Strafe für gerechtfertigt, weil sie einen Täter von Wiederholung abhält und anderen als Abschreckung dient. Doch die Strafe muss der Straftat angemessen sein. Wenn sie zu hart oder mild ist, wird sie womöglich als ungerecht empfunden.

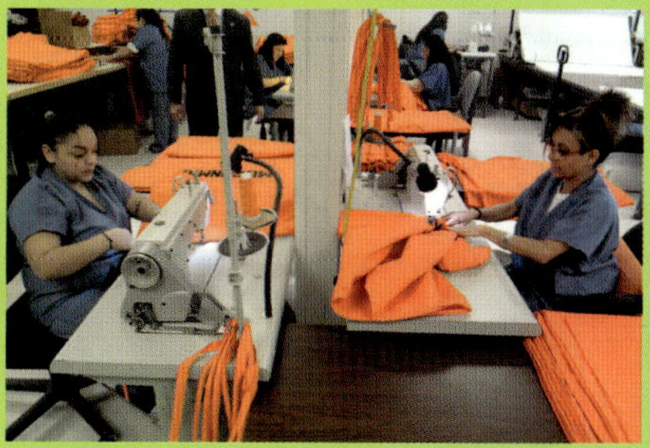

Manchmal arbeiten Gefängnisinsassen während ihrer Haftzeit.

Gesetzesvollzug

Polizei und Gerichte sorgen dafür, dass Gesetze eingehalten und Täter ihrer Strafe zugeführt werden. Aber woher wissen wir, dass sie dabei fair vorgehen? Wie können wir sicherstellen, dass das Gesetz für alle gleichermaßen gilt? Manche Länder formen Sondereinheiten, die überwachen, ob Polizei und Gerichte alle Menschen gleich und gerecht behandeln.

Die **Gemeinschaft** *steht über dem* **Einzelnen**

Wir alle sind Teil einer Gemeinschaft. **Zeitlebens handeln wir nicht nur als Einzelpersonen, sondern als Mitglieder dieser Gemeinschaft.** Sie versorgt uns mit allem, was wir brauchen, von zwischenmenschlichen Beziehungen bis zu Gesundheits- und Bildungseinrichtungen. Wir können unseren Beitrag leisten, indem wir anderen helfen, arbeiten, Steuern zahlen oder uns ehrenamtlich engagieren.

Ein soziales Wesen

Der frühgriechische Philosoph Aristoteles bezeichnete uns als „soziale Wesen", die in Gruppen oder Gemeinschaften leben. Es gibt verschiedene Gemeinschaftsformen und wir gehören mehreren an. Die meisten von uns sind Teil einer Familie, einer lokalen Gemeinde wie einer Stadt oder einem Dorf und eines Landes oder Staates. Zudem gehören wir zur großen Weltgemeinschaft der Menschheit.

Die Beduinen, nomadische Wüstenbewohner, haben eine eigene Gesellschaftsstruktur: Mehrere Familien bilden einen Klan, mehrere Klans einen Stamm.

Die Straßenbeleuchtung ist ein allen zugängliches öffentliches Gut.

Öffentliches Gut

Der britische Philosoph John Locke fand, Aufgabe der Regierung sei es, für das Wohl der Allgemeinheit zu sorgen. Mithilfe von Steuergeldern beschaffen Gemeinden Güter, die die Bewohner nicht selbst finanzieren können, wie Polizeikräfte oder Straßenbeschilderung. Solche Güter nennt man öffentliches Gut, denn von ihnen profitiert jeder, unabhängig von der geleisteten Steuer.

Wohlfahrt

Gemeinschaften können Bedürftige unterstützen. Gesundheitsversorgung, Altenpflege und Arbeitslosenhilfe sind Sozialleistungen. Sie können vom Staat, von Wohltätigkeitsorganisationen, Familienmitgliedern oder Einzelpersonen erbracht werden. Manche glauben, Sozialleistungen sollten hauptsächlich vom Staat geleistet und durch Steuergelder finanziert werden. Für andere sind sie eher Angelegenheit von Wohltätigkeitsorganisationen und Ehrenamtlichen.

Wohltätigkeitsverbände leisten einen wichtigen Beitrag zur Gesellschaft, indem sie etwa Obdachlose versorgen.

Gemeinnützige Arbeit

Viele Menschen unterstützen die Gesellschaft, indem sie ehrenamtlich Bedürftigen helfen, an Wohltätigkeitsorganisationen spenden oder sich politisch engagieren. Gemeinnützige Arbeit kann freiwillig, aber auch verpflichtend sein, wie etwa eine Berufung zum ehrenamtlichen Richter. Eine Philosophengruppe namens Kommunitaristen argumentierte, es sei wichtig, dass der Einzelne sich aktiv in die Gemeinschaft einbringt.

Jeder kann die Gemeinschaft unterstützen, indem er sich beispielsweise am Recycling beteiligt.

Vorteile ausnutzen

Manche Menschen versuchen, die Vorteile einer Gemeinschaft auszunutzen, ohne ihren eigenen Beitrag zu leisten. So hinterziehen einige Steuern, andere beziehen Sozialleistungen, auf die sie keinen Anspruch haben. Der schottische Philosoph David Hume (1711–1776) sagte, es sei schwierig, jeden zur Mithilfe zu verpflichten, und es werde immer einige geben, die sich vor der Verantwortung drücken. Doch ist das unfaire Verhalten einiger ein Grund, die Sozialleistungen für alle zu streichen?

Wem gehört **unser Leben** *überhaupt?*

Eine Gesellschaft stellt Gesetze auf, damit ihre Mitglieder unbeeinträchtigt leben können. Doch manche Regeln verbieten uns, etwas zu tun, auch wenn es offensichtlich keinem anderen schadet. Manchmal beschneidet das Gesetz unsere persönliche Freiheit zum Wohl der Allgemeinheit oder zu unserem eigenen Schutz. **Aber darf die Gesellschaft uns vorschreiben, wie wir zu leben haben?**

Keiner sagt mir, was ich zu tun habe!
Der Philosoph John Stuart Mill (1806–1873) fand, die Menschen sollten ihr Leben frei gestalten dürfen, solange sie anderen nicht schaden. Viele stimmen darin überein, dass die Gesellschaft uns unser Denken und Handeln nicht vorschreiben darf. Aber in jedem Land herrschen eigene Sitten. So dürfen in manchen Schulen die Kinder tragen, was sie wollen, in anderen besteht Uniformpflicht. Ebenso können in manchen Staaten die Menschen selbstbestimmt leben, während in anderen ihre Freiheit beschnitten wird.

Bildung
Bei der Gesetzgebung müssen wir ein Gleichgewicht zwischen dem finden, was ein Bürger tun darf (den Rechten) und dem, was er tun muss (den Pflichten). Doch ist Bildung ein Recht oder eine Pflicht? In vielen Ländern besteht eine gesetzliche Schulpflicht. Manche Kinder finden, die Schule sei eher ein notwendiges Übel als etwas wirklich Wünschenswertes. Aber es gibt Orte, an denen Mädchen nicht die Schule besuchen dürfen oder an denen es überhaupt keine Schulen gibt. Haben nicht alle Kinder ein Recht auf Bildung?

Malala Yousafzai aus Pakistan tritt für das Bildungsrecht von Mädchen ein. 2014 erhielt sie den Friedensnobelpreis.

Gesundheit der Bevölkerung

Mithilfe der modernen Medizin können wir Menschen vor vielen schlimmen Krankheiten bewahren. Wir können Infektionskrankheiten an der Ausbreitung hindern oder komplett ausrotten und damit die Gesundheit der Bevölkerung verbessern. Doch manche Präventionsmaßnahmen funktionieren nur, wenn alle sich daran beteiligen. Sollte eine gesetzliche Impfpflicht für Kinder bestehen, etwa gegen Masern und Mumps? Sollte man Trinkwasser mit Medikamenten versetzen, damit alle immunisiert werden?

Sicherheit im Straßenverkehr

Täglich kommen Tausende Menschen bei Verkehrsunfällen zu Schaden. Wir wissen, dass die Teilnahme am Straßenverkehr gefährlich sein kann, aber auch, dass es Schutzmaßnahmen gibt. So können wir im Auto einen Sicherheitsgurt und auf dem Fahrrad einen Helm und Kleidung mit Leuchtmarkierung tragen. In einigen Staaten sind diese Sicherheitsvorkehrungen Pflicht. Aber wenn wir ohne Helm Fahrrad fahren und dabei verletzt werden, sind wir doch die Leidtragenden. Liegt es daher nicht auch an uns, ob wir einen Helm tragen oder nicht? Warum sollten wir andererseits etwas gegen eine Bestimmung zu unserem eigenen Schutz haben?

Drogenverbot

Rauchen ist schädlich. Vielerorts gilt ein Rauchverbot in der Öffentlichkeit. Aber sollten wir es nicht überall untersagen? Zigaretten sind Drogen und viele Drogen sind illegal. Ein generelles Verbot würde Leben retten und Geld im Gesundheitswesen einsparen. Doch dann sollten wir vielleicht auch andere Gefahren wie Extremsport verbieten. Dürfen wir anderen vorschreiben, was gut oder schlecht für sie ist?

Sterbehilfe

Fast jeder findet es falsch, einen Menschen zu töten. Aber was ist mit Sterbehilfe? Wenn ein Mensch an eine Herz-Lungen-Maschine angeschlossen, bewusstlos und ohne Chance auf Heilung ist, wäre es dann falsch, die Maschine abzuschalten und ihn sterben zu lassen? Was ist mit Menschen, die an chronischen Schmerzen leiden oder nichts mehr selbstständig tun können? Wenn sie nicht mehr weiterleben wollen, sollte ein Arzt ihnen beim Sterben helfen?

Darf man etwas **zensieren?**

Die Gedanken sind frei. Doch an vielen Orten der Erde **dürfen Menschen nicht sagen, was sie denken.** In manchen Ländern zensiert die Regierung Presse und Fernsehen und verbietet ihnen, über etwas zu berichten, das sie geheim halten will. Die meisten Menschen finden aber, dass sie das Recht haben, alles zu sagen und zu erfahren. Damit erlauben wir ihnen auch, eine Meinung zu vertreten, der wir nicht zustimmen oder die andere verletzt.

Meinungsfreiheit

Philosophen wie Voltaire (1694–1778) und John Stuart Mill (1806–1873) glaubten, dass in einer zivilisierten Gesellschaft jeder das Recht auf freie Meinungsäußerung hat, also sagen darf, was er will. Dazu gehört auch, dass jeder seine Gedanken in Zeitungen und Büchern frei publizieren kann und alle es lesen dürfen. Beide lehnten jegliche Art von Zensur ab.

Manche Menschen verbrennen Bücher, um zu protestieren, wie hier gegen ein Verkaufsverbot für diese Straßenbuchhändler.

Wo ziehen wir die Grenze?

Selbst in Ländern, in denen die Meinungsfreiheit gesetzlich verankert ist, darf man manches nicht sagen oder schreiben, etwa wenn man andere dadurch verleumdet. Doch manchmal ist es schwierig, zwischen einer freien Meinungsäußerung und einer Verleumdung zu unterscheiden. Sollten wir eine Meinung verbieten, weil wir sie nicht teilen? Wo ziehen wir die Grenze?

Warum darf ich mir keine FSK-16-Filme anschauen?

In den meisten Ländern gibt es Regeln, die Jugendliche davon abhalten sollen, sich ungeeignete Filme anzuschauen. Manche davon sind zu gruselig, gewalttätig oder verwenden eine rohe Ausdrucksweise. Indem man Kindern untersagt, sich diese Filme anzuschauen, will man sie vor verstörenden Bildern oder der Annahme schützen, schlechtes Verhalten sei normal und akzeptabel. Aber wer entscheidet, was wir uns anschauen dürfen? Und schaden solche Filme nicht auch Erwachsenen?

Darf jeder sagen, was er denkt, auch wenn es andere verletzt?

Beleidigend

Wir alle mögen Witze, aber es kann verletzend sein, wenn jemand sich gegen deinen Willen über dich lustig macht. Witze oder Kommentare über Geschlecht, Hautfarbe und Behinderung eines anderen sind besonders anstößig. Sollte es gesetzlich verboten werden, andere zu beleidigen?

Pressefreiheit

Viele Journalisten finden, sie sollten über alles frei berichten dürfen. Ihnen zufolge hat die Öffentlichkeit das Recht, über alle Geschehnisse in der Welt informiert zu werden. Doch selbst Politiker und andere Prominente haben Anspruch auf ein Privatleben. Was ist wichtiger: Pressefreiheit oder das Recht auf Privatsphäre?

Paparazzi genannte Fotografen verfolgen Prominente und zerren ihr Privatleben an die Öffentlichkeit.

Staatsgeheimnisse

Stillschweigen bewahren

Aufgabe der Regierung ist es, das Volk zu schützen. Dafür hat ein Staat bewaffnete Streitkräfte. Damit andere das Land nicht überfallen, sind einige Regierungsangelegenheiten wie etwa militärische Pläne geheim. Per Gesetzgebung ist geregelt, was der Geheimhaltungspflicht unterliegt und nur einer ausgewählten Gruppe zugänglich ist. Doch eine schlechte Regierung könnte sich dazu verleiten lassen, auch andere Vorgänge vor der Öffentlichkeit zu verschleiern. Wie groß ist das Recht der Öffentlichkeit auf Information?

Geheimnisverrat

Von Angestellten eines Unternehmens oder der Regierung wird erwartet, den Anweisungen des Vorgesetzten und Regeln der Organisation zu folgen. Doch unter Umständen entdeckt ein Angestellter, dass seine Organisation etwas tut, das gegen das Gesetz verstößt oder moralisch bedenklich ist. Aber er ist zur Geheimhaltung verpflichtet. Sollte er zum „Verräter" werden und die Öffentlichkeit über das Verhalten seiner Firma oder Regierung aufklären?

Der US-amerikanische Computerspezialist Edward Snowden enthüllte, dass Regierungen unsere Privatnachrichten mitlesen. Ist er ein Held oder ein Verräter?

Probier es **selbst** *aus!*

Ist ein guter Mensch immer **glücklich?**

Gibt es ***angeborene*** **Ideen?**

Woher ***weiß*** ich, ob etwas **wahr** oder **falsch** ist?

Können Computer ***denken?***

Warum sind manche Regeln **unfair?**

Sind ***manche Menschen*** **wichtiger** als andere?

Wäre ich mit einem anderen ***Gehirn*** ein anderer ***Mensch?***

Woher weiß ich, dass du nicht bloß ein **Roboter** bist?

Kann ich meinen Augen **trauen?**

Ist es immer **falsch**, ein **Unrecht** zu begehen?

Wie fühlt es sich an, eine ***Fledermaus*** zu sein?

Versuch dich als Philosoph und stell dir oder Freunden folgende Fragen. Das ist kein Test, es gibt kein Richtig oder Falsch. Auf manche Fragen gibt es keine eindeutigen Antworten. Setz dich einfach mit ihnen auseinander – darum geht es bei Philosophie.

Was ist „denken“?

Was bedeuten „gut“ und „schlecht“?

Warum soll ich mich mit Philosophie beschäftigen?

Woher weiß ich, was wirklich existiert?

Wie erwerbe ich Wissen?

Was ist Zeit?

Was macht einen Menschen glücklich?

Bestimme ich über meine Gedanken?

Woher weiß ich, dass es mich wirklich gibt?

Denken Tiere so wie wir?

Warum kann ich nicht machen, was ich will?

Warum gibt es überhaupt etwas?

Glossar

Buddhismus Die Lehren des indischen, „Buddha“ genannten Religionsstifters Siddhartha Gautama, der etwa im 5. Jh. v. Chr. lebte. Die Buddhisten glauben, dass alles in der Welt vergänglich ist und Leid daher rührt, dass man am Unbeständigen festhält.

Demokratie Herrschaftsform, bei der die Allgemeinheit über das Geschick eines Landes mitbestimmt, indem sie die Regierung wählt.

Dialog Gespräch zwischen zwei oder mehreren Menschen, mithilfe dessen auch die verschiedenen Aspekte einer philosophischen Frage durchleuchtet werden können.

Dualismus Lehre, wonach alles auf zwei voneinander unabhängigen, unterschiedlichen Elementen basiert, so wie der Mensch aus Körper und Geist besteht.

Emotion Ein Gefühl wie Liebe, Wut, Freude oder Trauer.

Ethik Lehre vom sittlichen Handeln des Menschen.

Existenzialismus Philosophie, laut derer wir frei in unseren Entscheidungen und daher auch verantwortlich dafür sind, was wir aus unserem Leben machen.

Feminismus Bewegung, die für die Gleichberechtigung der Frauen eintritt.

Gedankenexperiment Fiktive Situation, anhand derer eine philosophische Theorie erläutert werden soll.

Gesellschaft Gemeinschaft von Menschen, die in einem bestimmten politischen, wirtschaftlichen und sozialen System zusammenleben.

Idealismus Vorstellung, dass die physische Welt nur durch unsere Wahrnehmung existiert.

Illusion Eine Sinnestäuschung, durch die wir die Wirklichkeit verfälscht wahrnehmen.

Kommunismus Eine Gesellschaftsform ohne Klassenunterschiede, in der Eigentum gerecht verteilt ist.

Konfuzianismus Lehren des frühchinesischen Philosophen Konfuzius. Ihm zufolge lernt der Mensch, Recht von Unrecht zu unterscheiden, indem er dem guten Beispiel anderer nacheifert.

Logik Die Überprüfung des Wahrheitsgehalts einer Aussage durch folgerichtiges Denken.

Materialismus Lehre, wonach alles, was existiert, aus Materie besteht, einschließlich des Geistes.

Meditation Praxis zur Entspannung von Körper und Geist.

Moral Norm, die das zwischenmenschliche Verhalten einer Gesellschaft beurteilt.

Pazifismus Überzeugung, die Krieg und Gewalt als Mittel der Konfliktlösung ablehnt.

Philosophie („Liebe zur Weisheit“) Streben nach Erkenntnis über die Welt, den Menschen und den Sinn des Lebens.

Seele Auch als Geist bezeichnet. Der denkende, fühlende Teil von uns, den wir als das Ich empfinden. Manche Philosophen glauben, die Seele existiere unabhängig vom Körper und sei unsterblich.

Sokratische Methode Lehrmethode des frühgriechischen Philosophen Sokrates, bei der er ein Problem durch Frage und Antwort mit seinen Schülern erschloss.

Stoizismus Frühgriechische Philosophie, die auf der Vorstellung basiert, das eigene Schicksal mit Gelassenheit anzunehmen.

Tugend Sittlich gute Eigenschaft eines Menschen.

Universum In der Philosophie bedeuten Universum, Welt und Kosmos „alles, was ist“.

Utilitarismus Theorie, die Handlungen nach dem größten Nutzen für die Allgemeinheit bewertet.

Wiedergeburt Glaube, wonach die Seele nicht mit dem Körper stirbt, sondern in einem neuen Körper wiedergeboren wird.

Zensur Das Verbot von Büchern, Filmen, Theaterstücken o.Ä. aufgrund von Inhalten, die nicht mit der vorherrschenden Ideologie vereinbar sind.

Zufall Eintritt eines oder Zusammentreffen mehrerer Ereignisse, ohne dass dafür eine Ursache erkennbar ist.

Register

Bildnachweis

Der Verlag dankt folgenden Personen und Institutionen für die freundliche Genehmigung zum Abdruck von Fotos:

(Abkürzungen: o = oben, u = unten, m = Mitte, l = links, r = rechts, g = ganz, Hg = Hintergrund)

6 Corbis: Pasmal/Amanaimages (mol). **Getty Images:** Digital Vision (ul). **iStockphoto.com:** Ruigsantos (ml). **7 Dreamstime.com:** Diamantis Seitanidis (ml). **iStockphoto.com:** Arquiplay77 (mol). **8–9 Corbis:** Laurence Mouton/PhotoAlto (um). **Dreamstime.com:** Dmitri Rumiantsev. **10–11 Corbis:** Pasmal/Amanaimages. **12 Corbis:** Michael Durham/Minden Pictures (mr). **Getty Images:** Alessandro Contadini/E+ (ur, ul, mor). **Photoshot:** World Illustrated (mul). **13 Corbis:** Patrick J. Endres/AlaskaPhotoGraphics (mol). **Getty Images:** Alessandro Contadini/E+ (gol, mul, gor, mr, ur); Leemage/Universal Images Group (mo). **14 Corbis:** Isaac Lane Koval (ur). **Getty Images:** UniversalImagesGroup (ml). **14–15 Science Photo Library:** Henning Dalhoff (m). **16 The Library of Congress, Washington DC:** LC-DIG-ggbain-38388 (ml). **16–17 DK:** National Railway Museum, India (m/Zug). **Dreamstime.com:** Manuel Fernandes/Tinoni (u). **17 Corbis:** Mark Garlick/Science Photo Library (u). **DK:** National Music Museum (gom). **Dreamstime.com:** Hannu Viitanen (mol). **Fotolia:** Gail Johnson (mu). **18 Alamy Images:** Zev Radovan/BibleLandPictures (gom). **Glowimages:** Fine Art Images (u). **19 iStockphoto.com:** Squaredpixels (m). **Photoshot:** World Illustrated (ul). **20 Corbis:** (l). **21 Corbis:** Gerry Ellis/Minden Pictures (mol); Robert Marien (mor). **Getty Images:** Pepifoto (um); S. Vannini/De Agostini Picture Library (mogr). **22–23 Corbis:** Araldo de Luca (m). **22 Alamy Images:** Nikos Pavlakis (gom). **23 Alamy Images:** Gianni Dagli Orti/The Art Archive (gom). **Dreamstime.com:** Sharpshot (mur). **24 Glowimages:** Xyz Pictures (gor). **25 Glowimages:** John Lund (mr). **26 Corbis:** Bettmann (gom). **Dreamstime.com:** Nickolayv (um). **27 akg-images:** Schütze/Rodemann (go). **Getty Images:** T_kimura/E+ (ur). **28 Dreamstime.com:** Mohamed Osama/Midosemsem (um). **29 123RF.com:** Inesbazdar (um). **Dreamstime.com:** Mohamed Osama/Midosemsem (mur). **30 Getty Images:** Museum of the City of New York/Archive Photos (ur). **Glowimages:** 4x5 Coll/Patrick Byrd (ml). **30–31 123RF.com:** Panithan Fakseemuang (go). **Dreamstime.com:** Sdbower (kleinere Ballons). **31 Getty Images:** Steve Pyke/Premium Archive (mr). **Glowimages:** Art Media (um). **32 Getty Images:** Ascent Xmedia/Digital Vision (mol). **32–33 Corbis:** (m). **34 Getty Images:** Michael Grabois/Moment. **35 Corbis:** KidStock/Blend Images (ur); Konrad Wothe/Minden Pictures (gol). **36–37 iStockphoto.com:** Ruigsantos. **38 Dreamstime.com:** Hugo Maes (ml). **38-39 Dreamstime.com:** Youths (m). **40 Alamy Images:** GL Archive (gom). **Getty Images:** Culture Club/Hulton Archive (m); Pierre-Louis the Younger Dumesnil/The Bridgeman Art Library (ur). **41 NASA:** STS-50. **42 Dreamstime.com:** Jacek Chabraszewski (ml); Zyphyrus (mor). **43 Science Photo Library:** Alfred Pasieka (mor). **44 Getty Images:** De Agostini Picture Library (mul). **44–45 Getty Images:** Sunnybeach/E+ (mo). **45 Dreamstime.com:** Lateci (ul). **46 Dreamstime.com:** Nicholas Burningham (ur). **Science Photo Library:** Oscar Burriel (ml). **47 123RF.com:** Belchonock (m). **Alamy Images:** North Wind Picture Archives (gol). **Dreamstime.com:** Zoom-zoom (mor). **Pearson Asset Library:** Tsz-shan Kwok/Pearson Education Asia Ltd (mr). **50 iStockphoto.com:** Suchota (ml). **50–51 Alamy Images:** Lumi Images (m). **51 Corbis:** Michael Bader/Westend61 (mur). **52 Alamy Images:** Alex Segre (gom). **Corbis:** David Bank/JAI (um). **52–53 iStockphoto.com:** Kenneth Keifer (m). **53 The Library of Congress, Washington DC:** (mr). **54–55 iStockphoto.com:** Asiseeit (m). **55 Alamy Images:** Wonderlandstock (mr). **56 Corbis:** Pascal Deloche/Godong (mol). **56–57 Alamy Images:** Robert Harding Picture Library Ltd. **57 Dreamstime.com:** Eroticshutter (mr). **58 DK:** Rough Guides (u). **59 Alamy Images:** Blue Jean Images (ur). **Corbis:** Image Source (go). **60 Corbis:** Michael Nicholson (mol). **60–61 Alamy Images:** Alberto Paredes (m). **Dreamstime.com:** Nilsz (Ozean). **61 Alamy Images:** Alberto Paredes (mor). **62 Corbis:** Araldo de Luca (mor). **62–63 Alamy Images:** Victor Paul Borg (u). **63 Alamy Images:** Arkreligion.com/Art Directors & Trip (mur). **64–65 Getty Images:** Digital Vision. **66 Corbis:** Hero Images (u). **67 The Bridgeman Art Library:** Französische Schule, (15. Jh.)/Musée National du Moyen Âge et des Thermes de Cluny, Paris (mul). **Getty Images:** Karl Ammann/Photodisc (mur); Cultura/Nancy Honey (mor). **Rex Features:** Everett Collection (gom). **68 Alamy Images:** Gianni Dagli Orti/The Art Archive (mor). **Dreamstime.com:** Vitaly Titov & Maria Sidelnikova (mur). **69 Rex Features:** Bournemouth News (mul). **70–71 Alamy Images:** AF archive (u). **71 Corbis:** Imaginechina (ur). **Dreamstime.com:** Dny3dcom (m). **Getty Images:** Science & Society Picture Library (mor). **TopFoto.co.uk:** Roger-Viollet (um). **72 Photoshot:** Elliott & Fry/Lightroom Photos (ml). **72–73 Alamy Images:** Merzavka/Yay Media As (m). **Dreamstime.com:** Maglara (Hg). **73 Getty Images:** Leon Neal/AFP (gol). **74–75 123RF.com:** Ivan Smuk (u). **74 Corbis:** 13/Monashee Frantz/Compassionate Eye Foundation/Ocean (mor). **75 Glowimages:** Fine Art Images (mur). **76 Alamy Images:** Gisela Erlacher/Arcaid Images (ml). **Photoshot:** UPPA (gom). **76–77 Wittgenstein Archive, Cambridge:** (u). **78–79 iStockphoto.com:** Wiangya (m). **79 The Bridgeman Art Library:** Private Collection/Photo Christie's Images (mr). **Corbis:** Dominic DiSaia/Blend Images (ul). **80 Alamy Images:** India Images/Dinodia Photos (ml). **SuperStock:** Cusp (mr). **81 Alamy Images:** Moodboard (mo). **Getty Images:** Steve Fitchett/The Image Bank (mul). **82–83 Getty Images:** Yoichi Kamihara/Amana Images. **83 Alamy Images:** Ideal Stock (gol). **Getty Images:** ERproductions Ltd/Blend Images (mr). **84 Alamy Images:** Ewing Galloway (mor). **Dreamstime.com:** Martin Green (mul). **85 Getty Images:** John W Banagan/Photographer's Choice RF. **86–87 iStockphoto.com:** Arquiplay77. **88 Alamy Images:** Peter Horree (ml). **88–89 Glowimages:** Yvan Travert (m). **89 Corbis:** Bettmann (mor). **iStockphoto.com:** Lovleah (mu). **90 Corbis:** Adoc-photos (um). **Glowimages:** SuperStock (mr). **91 Alamy Images:** Gianni Dagli Orti/The Art Archive (mur). **DK:** Science Museum, London (mor). **Getty Images:** Gabriel Olsen/FilmMagic (mul). **92 Alamy Images:** Pictorial Press Ltd (m). **92–93 Getty Images:** Doug Chinnery/Moment. **93 Corbis:** Alfredo Dagli Orti/The Art Archive (mur); 237/Ocean (m). **Glowimages:** H.D. Falkenstein (mor). **iStockphoto.com:** Trekandshoot (um). **94 Dreamstime.com:** Gabriela Insuratelu (ml). **96 akg-images:** Emil Doerstling (u). **The Bridgeman Art Library:** Deutsche Schule, (18. Jh.)/Privatsammlung (gom). **97 Alamy Images:** Library of Congress/RGB Ventures/SuperStock (go). **The Bridgeman Art Library:** Deutsche Schule, (18. Jh.)/Deutsches Historisches Museum, Berlin/DHM (ur). **99 Corbis:** GraphicaArtis (gol); JGI/Jamie Grill/Blend Images (mr). **100 Corbis:** Paul Hardy (ur). **101 Getty Images:** Datacraft Co Ltd (mo). **102 Getty Images:** Compassionate Eye Foundation/Robert Daly/OJO Images/Iconica (gor). **iStockphoto.com:** Manley099 (mur). **103 Corbis:** Pete Saloutos (mr). **104 Corbis:** Nyein Chan Naing/EPA (mr). **Dreamstime.com:** Serban Enache (ul). **105 Getty Images:** Ulrich Baumgarten (ur). **Glowimages:** Museum of London (gol). **106 123RF.com:** Valery Voennyy (m). **Getty Images:** Francois Lochon/Gamma-Rapho (mol). **Rex Features:** Jack Nisberg/Roger Viollet (gom). **106–107 Rex Features:** Photofusion (u). **107 akg-images:** Mondadori Portfolio (mor). **Getty Images:** Anadolu Agency (gom). **PENGUIN und das Penguin-Logo sind Markenzeichen von Penguin Books Ltd:** (ur). **108 Getty Images:** ChinaFotoPress/Stringer (mor). **109 Alamy Images:** Classic Collection/Shotshop GmbH (ur). **Corbis:** Denis Spycher/National Geographic Society (r). **Dreamstime.com:** View7 (ml). **110 Dreamstime.com:** James Elliott (mr); Wangyun (ml). **111 Dreamstime.com:** Laurentiu Iordache (gol); Outdoorsman (mr). **Science Photo Library:** Science Source (mur). **112 Corbis:** Michael Coyne (mol); Javier Vázquez/Demotix/Demotix (mul). **113 Alamy Images:** John Brown. **114–115 Corbis. 114 Photoshot:** De Agostini (ul). **115 Alamy Images:** Janine Wiedel/Photolibrary (mor). **Corbis:** Luc Gnago/Reuters (ul). **Getty Images:** Agence France Presse/Hulton Archive (mur). **116–117 Dreamstime.com:** Diamantis Seitanidis. **118 Corbis:** Fred Ward (ml). **118–119 SuperStock:** Iberfoto (m). **119 Corbis:** Image Source (ur); Joseph Sohm/Visions of America (gom). **Getty Images:** Dwight Nadig/E+ (mr). **120 akg-images:** British Library (gom); Roland und Sabrina Michaud (um). **Alamy Images:** The Art Gallery Collection (mr). **120–121 Getty Images:** Christian Kober/AWL Images (u). **121 Alamy Images:** DC Stock (gol). **122 Getty Images:** Vincenzo Pinto/AFP (mur). **123 Alamy Images:** GL Archive (gom). **Corbis:** Bettmann (um). **124 Alamy Images:** Don Davis (ul). **Corbis:** George Steinmetz (mol). **124–125 Dreamstime.com:** Lenise Zerafa (u). **125 Dreamstime.com:** Ed Francissen (m). **Getty Images:** De Agostini Picture Library (gol). **126 Alamy Images:** V&A Images (mol). **126–127 Corbis:** Julian Stratenschulte/Dpa (u). **127 Rex Features:** (mr). **128–129 Alamy Images:** Jonathan Buckmaster (m). **Dreamstime.com:** Awesleyfloyd (Hg). **129 Alamy Images:** ZUMA Press, Inc (mr). **Getty Images:** John Woodworth/E+ (mo). **SuperStock:** Yuri Arcurs Media (mu). **130 Glowimages:** Heeb Christian. **131 Alamy Images:** Jim West (mr). **Corbis:** Tim Pannell (ul). **132 Corbis:** Ocean (mul). **Getty Images:** Stringer/AFP (ur). **132–133 Dreamstime.com:** Bidouze Stéphane (Hg). **134 Getty Images:** Stringer/AFP (mul); Thomas Northcut/Photodisc (m). **135 Alamy Images:** Losevsky Pavel (u). **Getty Images:** Barton Gellman/Getty Images News (mur)

Cover: *Vorn:* **123RF.com:** Panithan Fakseemuang gor; **Dreamstime.com:** Martin Green mo; **Fotolia:** Dundanim mlu, Valdis Torms mlu/ (Atom); **Getty Images:** Sunnybeach/ E+ mru, John W Banagan / Photographer's Choice RF mr; **iStockphoto.com:** Wiangya ml; **NASA:** ESA / Mohammad Heydari-Malayeri (Observatoire de Paris) et al. mlo; *Hinten:* **Alamy Images:** Library of Congress / RGB Ventures / SuperStock clb; **Corbis:** Isaac Lane Koval ml; **Dreamstime.com:** Youths mgl; **Fotolia:** Dundanim mro; **Getty Images:** Apic / Hulton Archive mogr.

Quellennachweis der hervorgehobenen Zitate:
7: Ludwig Wittgenstein. *Logisch-philosophische Abhandlung.* **26:** In: Diogenes Laertius. *Leben und Meinungen berühmter Philosophen.* **40:** René Descartes. *Abhandlung über die Methode, richtig zu denken und die Wahrheit in den Wissenschaften zu suchen.* Übersetzung: J. H. von Kirchmann. **52:** John Locke. *Zweite Abhandlung über die Regierung.* Übersetzung: Dorothee Tidow. **56:** Siddhartha Gautama. *Samyutta-Nikaya – Die gruppierte Sammlung der Lehrreden des Buddha.* Hrsg. von Konrad Meisinger. **76:** Ludwig Wittgenstein. *Logisch-philosophische Abhandlung.* **96:** Immanuel Kant. *Kritik der reinen Vernunft.* **106:** Simone de Beauvoir. *Memoiren einer Tochter aus gutem Hause.* Übersetzung: Eva Rechel-Mertens. **120:** Konfuzis. *Lun-yu.* Übersetzung: http://www.confucius.org/lunyu/gd0215.htm.